Les limites obscures de la magie

A comme Association

Les limites obscures de la magie

Pierre Bottero

Gallimard Jeunesse / Rageot Éditeur

Maquette : Didier Gatepaille

ISBN : 978-2-07-063466-8

Loi n° 49-956 du 16 juillet 1949 sur les publications destinées à la jeunesse.
Dépôt légal : octobre 2010
N° d'édition : 176302-01
Achevé d'imprimer en Italie en septembre 2010
sur Roto-Page de l'imprimerie Grafica Veneta S.P.A.

En guise d'introduction

Pierre et moi nous sommes rencontrés le 30 novembre 2003, au Salon du Livre de Montreuil. Je possède une dédicace sur le premier tome de *La Quête d'Ewilan* qui me rappelle ce jour : « À Erik. Nos univers sont proches, nous le sommes sans doute aussi... On teste ? Amicalement, Pierre B. »

Nous aurions pu en rester là, vivre nos vies parallèles d'auteurs, nous contenter de boire un verre au hasard des salons. Mais on a testé ! On s'est apprivoisés, lentement, pas à pas. On a discuté. On a même commencé à évoquer la possibilité d'un projet commun ! Ce n'était, à l'époque, pas encore le moment.

Ce moment est arrivé en 2008. Nous étions tous les deux à un carrefour. Nous pouvions partir chacun de notre côté ou bien faire un bout de route ensemble. J'ai appelé Pierre un soir de novembre. J'avais un projet à lui proposer.

Le 16 décembre 2008 j'étais chez lui, à Pélissanne. Autour de quelques tasses de café, je lui ai exposé les idées qui m'étaient venues. Il m'a écouté jusqu'au bout puis il a dit quelque chose comme : « Et si au lieu d'être là c'était ici ? » J'ai réfléchi et j'ai répondu un truc du genre : « Pas mal. Mais alors il faudrait que ce soit comme ça et que ceci devienne cela. » L'échange a duré longtemps. Nos yeux brillaient.

« Ça me plaît, a dit Pierre. On devrait mettre ça noir sur blanc. » Dans son bureau, nous avons jeté sur l'ordinateur la base d'un vaste projet. Une série fantastique, reposant sur trois principes fondamentaux :

– l'association (deux auteurs et deux éditeurs, main dans la main),

– la nouveauté (cet univers commun ne renvoie à aucun de nos univers particuliers, sinon pour des clins d'œil ponctuels),

– le plaisir (plaisir d'écrire, d'imaginer et de délirer ensemble).

A comme Association n'a donc aucun lien avec ce que Pierre a pu écrire précédemment. Je le précise à l'attention de ses lecteurs les plus fidèles. Inutile d'en chercher ou d'en inventer. C'est un projet indépendant, différent.

Nous avons fini de travailler tard, ce soir-là. Nous étions complètement excités. Les éléments s'ajoutaient les uns aux autres, les idées fusaient.

Le lendemain, avant mon départ, Pierre a voulu marquer l'instant à sa manière. Il m'a offert le dernier tome du *Pacte des Marchombres*. Sur la première page, il s'est amusé à écrire : « Pour mon vieux frère. Alors voilà, c'est l'histoire d'une association qui… Quoi ? Tu connais déjà ? C'est ton projet ? T'es sûr ? Notre projet, tu veux dire ? Bon, je préfère ! Bonne route et à bientôt chez Walter et mademoiselle Rose. Je t'embrasse, Pierre B. »

Chez Walter et mademoiselle Rose. On y est maintenant. D'avril 2009, date à laquelle nous nous sommes concrètement attaqués au projet, jusqu'en novembre de la même année, on se téléphonait et s'écrivait souvent, on se motivait, se pressait, se bousculait, se titillait, se chambrait sans arrêt, dans un esprit d'émulation facétieuse. Comme deux gamins. Pierre a, durant cette période, écrit deux tomes. Il les a terminés mais n'a pas eu le temps de les reprendre, de les retravailler ainsi qu'il en avait l'habitude.

Ces deux manuscrits, les derniers qu'il a écrits, sont donc publiés « bruts de décoffrage ». Je les ai relus, j'ai corrigé ce qui me semblait devoir – pouvoir – l'être. Pas plus.

Après la mort de Pierre, j'ai dû prendre une décision. Soit jeter le projet aux oubliettes, ce projet sur lequel on travaillait depuis presque un an avec un entrain et un bonheur incroyables (avec jubilation, pour utiliser un mot cher à Pierre), soit le poursuivre, avec des aménagements.

Je dois avouer que j'ai longuement hésité. Mon éditrice et celle de Pierre me soutenaient à fond, quel que fût mon choix. J'avais également la confiance de la femme de Pierre, Claudine, qui s'en remettait à mon libre arbitre.

Il est difficile de porter seul le poids d'une décision importante. D'autant que ce projet n'avait de sens à mes yeux que parce que Pierre et moi le partagions. Il n'était rétrospectivement qu'un prétexte à tous les moments privilégiés que l'on passait ensemble. Mais avais-je le droit de laisser en jachère ce qu'il avait écrit ? Continuer l'aventure, n'était-ce pas un moyen de rester en sa compagnie ?

J'ai pris le temps de la réflexion. Puis j'ai essayé d'écrire quelques pages de la suite. Et tout est devenu évident. Pierre était là, au-dessus de mon épaule, avec son bon gros sourire. Attentif et bienveillant.

Quel qu'en soit aujourd'hui le résultat, j'assume pleinement ma décision. Parce qu'elle m'a semblé alors – et me semble toujours – la bonne.

Heureusement, je ne suis pas seul pour affronter l'avenir. Il y a Hedwige, directrice de Gallimard Jeunesse et Caroline, directrice de Rageot. Nos deux Associées de toujours.

Et puis il y a vous, chers lectrices et lecteurs, futurs Associés !

À vous deux et à vous tous, merci d'être là avec moi. Avec nous.

Erik L'Homme

1

– Ombe !

Je me retourne, ce qui est, avouons-le, assez logique. Ombe est mon prénom et je suis la seule à le porter dans le coin, coin étant ici utilisé au sens le plus large du mot. Il en découle que c'est forcément moi que l'interpeleur interpelle. (Inutile de me faire remarquer qu'interpeleur n'est pas français, je le sais mais j'aime inventer des mots.)

Donc, je me retourne.

Et pas seulement par curiosité.

J'ignore si c'est le fait de me frotter régulièrement à des phénomènes étranges, pour ne pas dire franchement magiques, mais j'ai développé un sixième sens foireux qui me souffle à tout bout de champ que le nœud des possibles est en train d'exploser pour laisser entrer le rêve dans ma vie.

En termes plus clairs : et si c'était Brad Pitt qui m'appelait ?

Naïve, moi ? Non, pas vraiment. Enfin… je ne crois pas.

Bon, je me retourne et, bien sûr, je me prends la réalité en pleine poire. Le type qui m'a hélée depuis l'autre bout du couloir n'est pas Brad Pitt mais Dylan Martin, le pire blaireau du lycée.

Oui, je sais, les chances que Brad vienne se perdre dans ce bahut de banlieue avoisinent le zéro absolu – il n'appartient pas à l'Association, lui – tandis que celles de se faire brancher par Dylan Martin pour la soixante-quatorzième fois de la semaine quand on est jeune, jolie et nouvelle, flirtent avec les cent pour cent.

N'empêche que, pendant une poignée de folles secondes, j'y ai cru et que Dylan en a profité pour arriver à ma hauteur.

– Tu sais, Ombe, t'es de la bombe. Tu veux que je te tombe ?

Bon sang, j'avais oublié à quel point le lycée s'avère neuronophage (oui, je sais, encore un mot inventé) lorsqu'on ne possède pas un équilibre mental et affectif en béton armé !

J'ordonne à mes dents de cesser de crisser, à mon rythme cardiaque de ne pas s'emballer, je me souviens que, comme tout mammifère digne de ce nom, je suis tenue de respirer, si possible de façon pas trop irrégulière, et je me tourne vers le séducteur qui vient d'entrer dans l'histoire de la poésie par cette tirade d'anthologie.

Erreur.

En plus d'être stupide, Dylan Martin est grand, gros et moche. Ajoutez à cela qu'être entouré de trois copains ringards aux sourires niais lui offre la suffisance que seul il n'oserait pas arborer et le portrait est prêt à être encadré.

C'est d'ailleurs ce que je m'apprête à faire.

À encadrer ce blaireau.

Dylan me croit lycéenne et comme il appartient à cette catégorie assez répandue de garçons s'estimant prédateurs dans un établissement scolaire terrain de chasse, je campe pour lui la proie parfaite. La situation, pour irritante qu'elle soit, serait presque cocasse, vu que je suis plus prédatrice qu'il ne le sera jamais. Même en rêve.

Loin d'être lycéenne, je me trouve ici pour une mission. Ma première mission en solo. Et j'ai beau être fin prête, la pression qui pèse sur mes épaules est du genre écrasante, surtout que Walter en a remis une couche au moment où je quittais son bureau :

– De la discrétion, Ombe ! N'oublie pas que l'Association n'existe que par et pour la discrétion !

Ses yeux étaient fixés sur moi et, me semblait-il, distillaient une sourde inquiétude. Hasard sans doute, mais qui ne profite pas à Dylan Martin.

Walter veut de la discrétion ? Il va être servi.

J'avance d'un pas vers les quatre Chippendales de la mort qui ont décidé de me séduire, non pour me délecter de l'odeur de leur après-rasage « musc spécial mâle en rut » mais pour me placer à bonne distance.

Inconscient de ce qui l'attend, Dylan sourit.

– T'as pas froid, Ombe ? Tu veux que je te réchauffe ?

Il assortit sa tirade d'un coup d'œil égrillard sur le décolleté de mon débardeur, ce qui a l'inconvénient de faire ricaner ses copains et l'avantage de m'indiquer que je me suis encore plantée en m'habillant.

Dylan et ses trois copains portent pulls et doudounes.

Un 17 décembre, le droit et la logique sont de leur côté mais, à ma décharge, j'étais à la bourre ce matin et je n'ai pas prêté attention aux vêtements que j'enfilais.

Ne pas se laisser distraire !

C'est à peu près tout ce que j'ai retenu du cours de la semaine dernière sur le pouvoir hypnotique des vampires. L'intervenant, un petit homme râblé, originaire des Carpates, a longuement insisté sur le charme qui se dégage de leur voix et de leur regard.

« Ce charme ne s'appuie toutefois sur aucune faculté magique, a-t-il précisé. Inutile donc, pour lui résister, de maîtriser les arcanes du grand Art, il suffit de ne pas se laisser distraire. »

Soyons claire, Dylan Martin n'a rien d'un vampire, à part, peut-être, la taille, et surtout pas la classe naturelle qui caractérise les buveurs de sang. Son regard est bovin, catégorie viande malade et sa voix, haut perchée, ridicule. L'un et l'autre contribuent à lui offrir la grâce controversée d'un emballage de hamburger oublié sous la pluie, mais l'idée – ne pas se laisser distraire – me plaît et je ne doute pas que, valable pour les vampires, elle soit extensible aux blaireaux.

– Dylan, je compte jusqu'à trois et je t'offre une surprise.

J'ai susurré, façon vamp libertine, et le blaireau en chef s'empourpre.

– Un…

Je vérifie que la distance est toujours bonne.

– Deux…

Je lance la main droite, le crochète entre les jambes et, dans le même mouvement, le soulève et le colle au mur. Grognement de douloureuse stupéfaction.

– Et la surprise, c'est que je ne compte pas jusqu'à trois.

Je resserre ma prise.

Le grognement devient couinement.

– J'aimerais que tu m'oublies, Dylan. Que tu m'oublies définitivement. Histoire que je n'aie plus besoin de ne pas me laisser distraire. Possible ?

Je ne suis pas sûre qu'il ait compris mais il hoche la tête pour marquer son assentiment. Compte tenu de sa situation et de mon état d'esprit, c'est la meilleure chose à faire. Sauf que ses copains, sans doute émus par sa détresse, décident d'intervenir. Ils sont trois, que diable, et je ne suis qu'une fille.

Oui, mais il me reste une main libre.

Tant pis pour eux.

J'abandonne les quatre corps inconscients contre un mur – heureusement que nous sommes peu nombreux à avoir cours jusqu'à dix-huit heures, les couloirs sont déserts – et je me hâte vers ma salle de classe.

Malgré mes efforts pour contenir ma fierté, je sens un sourire illuminer mon visage. Je n'étais pas chaude pour cette mission, non que rappeler la règle à une bande de gobelins aux cerveaux surchauffés me pose problème, mais parce que j'ai passé l'âge de m'asseoir sur les bancs du lycée. Enfin, ça, c'est la raison officielle.

Parce que je crains que rappeler la règle à une bande de gobelins aux cerveaux surchauffés soit un poil au-dessus de mes moyens. Ça, c'est la véritable raison.

Ce qui vient de se dérouler m'a rassurée sur mes aptitudes.

Je suis une Agent de l'Association. Mon rôle consiste à gérer l'Anormal quelle que soit la forme sous laquelle il se présente et, comme se plaît à le répéter Walter, le chef du bureau parisien, à le gérer en toute discrétion.

Pour l'instant, je n'ai eu à gérer que quatre obsédés parfaitement normaux mais, question discrétion, j'ai effectué un sans-faute.

Mon sourire s'élargit et lorsque je pousse la porte de la salle, j'ai retrouvé mon aplomb et ma clairvoyance.

Et si le prof de philo était absent et que le remplaçant soit Brad Pitt ?

2

Je m'appelle Ombe Duchemin.

Ombe parce que c'est mon prénom, je vous l'ai déjà dit, prénom attesté par la gourmette que je portais au poignet lorsqu'on m'a trouvée.

Duchemin parce que c'est justement là qu'on m'a trouvée.

Sur un chemin.

Enfin, c'est ce qu'on m'a raconté. Moi, je ne m'en souviens pas, vu qu'à l'époque je n'avais que quelques jours de vie derrière moi. Et à peine quelques minutes devant puisque le chemin en question se trouve au Québec, que c'était le plein hiver et que j'étais couchée toute nue dans la neige.

Si un brave monsieur n'était pas passé juste au bon moment, je me serais sans doute appelée Ombe Duglaçon et...

– Mademoiselle Duchemin, mon cours sur Descartes vous intéressant visiblement beaucoup, puis-je vous demander votre avis personnel sur sa théorie de la création des vérités éternelles ? Je suis certain qu'il est passionnant.

– Descartes ?

– Oui. René Descartes.

Je n'hésite qu'un dixième de fraction de seconde, c'est-à-dire vraiment pas longtemps.

– Descartes, c'est le type qui a mis au point la divination par le tarot, non ? Je connais un gars, Jasper, qui est du genre à y croire dur comme fer mais, pour être franche, je doute un peu que le tarot permette d'accéder à la vérité éternelle.

Le prof pousse un long soupir, mélange d'irritation et de résignation. Je lis dans son regard la vague envie de piquer une colère puis la résignation l'emporte sur l'irritation et, convaincu que mon cas est désespéré, il se détourne de moi.

Objectif atteint.

J'ai déjà mon bac, enfin, l'équivalent canadien du bac, et si l'Association m'a fait intégrer ce lycée en cours d'année, ce n'est pas pour étudier mais pour régler un délicat problème territorial.

Je déteste toutefois l'idée de passer pour une idiote, même si cela sert le personnage que je suis censée incarner, et je ne peux m'empêcher de ramener ma fraise :

– Ce n'est que ce que je pense mais c'est parce que je pense que je suis, non ?

Zut. Pourquoi suis-je incapable de tenir ma langue ? L'attention du prof revient se focaliser sur moi, ce qui est loin de servir mes intérêts. Réagis, Ombe. Réagis !

Je poursuis :

– Si je ne m'abuse, Descartes a défini vingt et une règles pour la direction de l'esprit, exact ?

La lueur dans les yeux du prof devient lumière.

– Exact ! s'exclame-t-il.

Il est temps de porter le coup de grâce :

– Vingt et une ! Est-ce que vous avez remarqué que cela correspond au nombre d'atouts dans un jeu de tarot ? Si Jasper a raison, alors Descartes a joué…

Petite pause pour que le prof comprenne le jeu de mots et cesse d'entretenir des illusions à mon sujet, et je continue :

– … gros et il a gagné !

Le visage défait du prof, ses épaules voûtées, son air abattu mais aussi, et heureusement pour lui, les couleurs qui reviennent à ses joues lorsqu'il réalise que je suis un cas isolé et, a priori, non contagieux pour les autres élèves, m'indiquent que j'ai gagné au moins une semaine de tranquillité.

Je m'installe confortablement sur ma chaise et, tandis que la nuit s'approprie la ville, mon regard s'échappe par la fenêtre pour la rejoindre.

Mon esprit, lui, se met à tourner autour de ma mission dans l'espoir de trouver la porte d'entrée.

Et vous savez quoi ?

Il ne la trouve pas !

Tout paraissait pourtant facile quand Walter m'a expliqué ce que l'Association attendait de moi.

– Conflit territorial. Le lycée Bordage a été construit sur un lieu de culte gobelin et…

– Les gobs sont croyants ?

– Euh… Pas au sens où nous l'entendons. Disons qu'ils vénèrent une entité mystique appelée…

– L'Âme de la Grande Bouche Édentée.

Il m'a lancé un regard oscillant entre approbation et étonnement.

– L'Âme de la Grande Bouche Édentée, c'est ça.

Il semblait si stupéfait que je me suis sentie tenue de me défendre :

– Inutile de prendre cet air surpris, j'ai étudié les us et coutumes des gobs.

– Tu sais donc que leurs rites échappent à notre compréhension.

– Oui.

– Le lycée Bordage a été bâti sur un territoire qu'ils considèrent comme sacré. À l'époque, l'Association a veillé à ce qu'un accord valide soit signé mais aujourd'hui les…

– Un accord a été signé entre les architectes qui ont conçu le lycée et les gobs ?

– Les gobelins, Ombe, pas les gobs, et je te rappelle que, pour les architectes comme pour 99,99 % de la population, les gobelins n'existent pas ! L'accord dont je te parle a été rédigé par l'Association et signé par les gobelins. Les sous-sols leur appartiennent pour mille ans. En échange, ils ont renoncé à se montrer à la surface.

– Sauf qu'ils ont changé d'avis. C'est ça ?

– C'est ça. Il semblerait que, cinquante ans après la signature de l'accord, l'Âme de la Grande Bouche Édentée leur ait soufflé qu'ils s'étaient fait rouler. Ils ont donc décidé de revendiquer le lycée.

– Et, bien sûr, il n'est pas question de le leur restituer.

– Bien sûr. Par chance, les gobelins sont aussi légalistes qu'une assemblée de clercs de notaires. Tu n'auras qu'à leur rappeler l'accord, les menacer de poursuites judiciaires avec demande de dommages et intérêts s'ils ne tiennent pas parole et tout devrait rentrer dans l'ordre.

– D'accord. Je m'occupe des gobs et du reste.

Étrangement, cette affirmation pleine d'assurance n'a pas paru rassurer Walter.

– Ombe ?

– Oui ?

– De la discrétion, d'accord ? De la discrétion !

Cette discussion date d'une semaine et alors que je pensais n'avoir besoin que d'un jour ou deux pour régler le problème, je commence à envisager le pire. En une semaine, je n'ai, en effet, pas aperçu l'ombre d'un gobelin. Mes incursions nocturnes dans les caves du lycée se sont avérées vaines et je n'ai pas le début de commencement d'une idée pour amorcer ma mission.

Étonnez-vous après ça que je sois tendue.

Concentrée sur mes pensées, je n'aperçois que tardivement le camion qui entre dans la cour du lycée. Ce n'est pourtant pas un petit camion mais un monstre à benne chargé d'une montagne de terre. Il s'immobilise sous ma fenêtre et une dizaine de types en combinaison bleue en descendent, outils à la main.

Curieux ces types. Pas vraiment l'allure d'ouvriers des travaux publics.

Leur taille d'abord. Le plus grand ne doit pas mesurer plus d'un mètre quarante.

Leur allure ensuite. Sautillante.

Leur activité enfin. Alors que la benne du camion se relève lentement, ils abandonnent pioches et pelles, se munissent de fruits pourris et, les utilisant en guise de craie sur le goudron de la cour, ils entreprennent de tracer un…

Mon sang ne fait qu'un tour.

Ces types sont en train de tracer un pentacle géant autour du camion !

Non. Pas ces types.

Ces gobelins !

3

J'ai la main sur la poignée de la fenêtre lorsque l'avertissement de Walter me revient en mémoire.

De la discrétion !

D'accord. Détourner l'attention du prof et des élèves avant de passer à l'action.

Oui, mais comment ?

Je pousse un soupir en réalisant que, cette fois, je n'échapperai pas à la pratique de la magie.

Or, par tous les diables, je déteste la magie.

Le tralala que réclame un simple sort m'exaspère. Baragouiner une formule stupide, en latin si on a de la chance, en égyptien antique, en sanscrit, ou en araméen le reste du temps, choisir les ingrédients appropriés dans une liste aussi longue que l'aurait été la muraille de Chine si ses constructeurs ne s'étaient pas montrés fainéants, se souvenir de la gestuelle qui correspond au sort, gestuelle évidemment ridicule, et, pour finir, courir le risque que, pour une raison tordue, le sort ne fonctionne pas.

Je déteste la magie !

Sans doute, Ombe, mais tu n'as pas le choix.

Je farfouille dans mon sac à la recherche du nécessaire à magie qui ne quitte pas l'Agent de terrain que je suis et je commence à réfléchir au sort que je vais lancer.

Un sort simple.

Je n'ai pas le temps d'en concocter un complexe. Peut-être pas les moyens non plus mais ça, vous n'avez pas intérêt à le répéter.

Simple donc.

Je trouve au moment où je mets la main sur mon nécessaire. Générer un bruit dans le couloir. Au pire les têtes se tourneront en direction de la porte, au mieux tout le monde sortira pour voir ce qui se passe.

Un bref instant, j'envisage d'appeler Jasper sur son portable. Il possède le sex-appeal d'une huître, perd ses – petits – moyens dès que le mot danger est prononcé et ses yeux ont une fâcheuse tendance à s'égarer sur ma poitrine, mais en magie il assure un max. Il assure quand il faut réfléchir et se montre lamentable dès qu'il faut agir.

Le contraire de moi.

Physiquement, je joue dans la catégorie haut de gamme – si vous pensez que je me vante, demandez à Dylan Martin quand il se réveillera –, j'adore sentir l'adrénaline courir dans mes veines et je ne me souviens pas avoir reçu autre chose que des félicitations en sports de combat.

En revanche, quand il faut finasser ou couper les cheveux en quatre dans le sens de la longueur, je m'énerve et je manque euh… d'efficacité.

Je vais quand même le lancer, ce fichu sort, et comme je me vois mal appeler Jasper alors que je suis en cours, je vais me débrouiller seule.

Une pincée de topaze broyée – si ce n'est pas pitié, broyer une si belle pierre – pour le son, une feuille de garance voyageuse pour la distance et trois poils de chat parce que je le sens ainsi et que l'intuition constitue une part essentielle de la magie.

J'enroule la pincée de topaze et les poils de chat dans la feuille de garance, j'en fais une boulette que, d'une pichenette, j'expédie du côté de la porte d'entrée en murmurant la formule adéquate :

– In sonotarum portabilis perfecta intra muros definitatum.

Jasper a suffisamment insisté pour que je finisse par le comprendre : la magie est plus ancienne que l'homme. Beaucoup plus ancienne. Jouer avec les arcanes – ou, dans mon cas, s'emmêler les pieds dedans – implique effectuer une plongée dans un passé plusieurs fois millénaire et les chances de succès de cette plongée augmentent proportionnellement à l'ancienneté de la langue utilisée pour les incantations. Le proto-bantou est ainsi plus efficace que le français, tandis que vouloir jeter un sort en espéranto est aussi vain que chercher à s'envoler quand on est une enclume.

Or, autant l'avouer, si je suis brillante en langues vivantes – nous y reviendrons – les langues mortes me donnent de l'urticaire, ce qui complique passablement mes rapports, déjà tendus, avec la magie.

Je suis toutefois confiante. Certes, prononcée en quenya, le haut-elfique dont Jasper me rebat les oreilles, ma formule magique aurait gagné en efficacité – la langue du vieux peuple, tissée avec des fils de pouvoir sur la trame des vérités originelles, est liée aux éléments primordiaux… – mais je ne parle pas un mot de quenya. Pas grave. Énoncée en latin, même en latin de cuisine, elle devrait fonctionner.

Exact.

Elle fonctionne.

Elle fonctionne très bien.

Quoique pas exactement comme je l'escomptais.

Au moment précis où ma boulette s'écrase sur le sol, un borborygme gras et sonore, véritable éructation de mammouth, s'élève, non du couloir mais de sous ma chaise.

Dans un ensemble parfait, toutes les têtes se tournent vers moi tandis qu'un murmure dégoûté parcourt la salle.

Maudite magie !

Feignant l'indifférence, je jette un regard dehors et retiens à grand-peine un juron.

Le camion a achevé de benner le tas de terre qu'il transportait. Il est en train de quitter le pentacle par l'ouverture ménagée à cet effet.

Pas besoin d'être sorcière pour comprendre ce qui se passera ensuite.

Les gobs vont achever leur tracé puis ils...

– Par les couilles de Lucifer !

Il a fini par jaillir ce fichu juron.

Tandis que la moitié des élèves éclate de rire, que l'autre moitié reste bouche bée, le prof, écarlate, m'apostrophe d'une voix ulcérée :

– Mademoiselle Duchemin, votre attitude est inadmissible ! Veuillez sortir de cette salle !

Puisqu'il me le demande...

J'ouvre la fenêtre.

Waouh !

Quatre étages !

Ça va faire mal.

D'accord, mais je n'ai pas le choix. L'urgence prime la discrétion. C'est du moins ma conviction. Il faudra d'ailleurs que je propose à Walter d'ajouter ce principe aux neuf règles qui régissent l'Association.

J'enjambe l'appui de la fenêtre.

Hurlements horrifiés dans la classe.

– Mademoiselle Duchemin ! Non ! Attendez, je...

Je saute.

4

Aïe !

5

Je me redresse en grimaçant.

Mal négociée ma chute. J'ai glissé en touchant le sol, je me suis ramassée sur les genoux et j'ai bousillé mon jean. Un jean acheté dans une boutique de luxe avec ma première paie d'Agent. Ils vont m'entendre, ces maudits gobs !

Je me précipite vers eux, en boitillant un peu tout de même et, tandis que je m'efforce d'extraire ma carte professionnelle de ma poche, je pousse un cri que je juge très convaincant :

– Personne ne bouge !

Je n'ai encore jamais rencontré de gobelin mais j'ai lu beaucoup d'ouvrages à leur sujet – la plupart n'étant pas référencés à la Bibliothèque nationale – et les séminaires les concernant sont parmi les plus intéressants que j'ai suivis ces derniers mois. Sans être une experte, j'estime bien les connaître. Les gobs évoluent dans une société complexe et fortement hiérarchisée qui fascine l'indépendante maladive, presque asociale, que je suis.

Ils obéissent à un entrelacs de conventions strictes fondées sur la naissance, l'argent et les règles du marché. Collectivement, ils sont prétentieux, intolérants, orgueilleux. Individuellement, ils se montrent râleurs, chicaniers et, par-dessus tout, têtus. Apparence physique mise à part, de tous les Anormaux, ce sont sans doute ceux qui ressemblent le plus aux hommes.

« Personne ne bouge ! » ai-je crié.

Peine perdue.

Tandis que deux d'entre eux achèvent le pentacle, qu'un troisième entame une invocation à faire mourir Jasper de jalousie, les autres se placent devant moi pour m'interdire le passage.

J'extirpe enfin ma carte des profondeurs de mon jean et je réitère mon ordre :

– Personne ne bouge !

Étrange comme une simple plaque de plexiglas gravée du A majuscule de l'Association peut changer les choses.

Je suis obéie.

Instantanément.

Et à la lettre.

Les sept gobelins qui se sont placés devant moi pour me gêner s'immobilisent. Devant moi. Et continuent à me gêner.

Ceux qui s'occupaient du pentacle s'immobilisent aussi. On s'en fiche, ils ont achevé leur tracé.

Quant au dernier, il continue tranquillement son invocation. Sans bouger.

– Arrête-toi ! Merde ! Tais-toi !

Bien joué, Ombe, mais un peu tard. L'incantation, comme le pentacle, est finie.

Le gob le plus proche de moi me jette un regard insolent qui me donne illico l'envie de lui balancer mon poing dans la figure. C'est pas très joli un gobelin, trogne fripée, nez bulbeux, dents en désordre et plantation de verrues ; quand, en plus, il se fiche de vous, il y a de quoi perdre son sang-froid.

Je parviens in extremis à me contrôler.

– Mais qu'est-ce que vous fichez ?

– Territoire sacré du beau peuple pollutionné par la constructivité des humains, me lance le gobelin. Nous récupégardons ce qui nous appartiendait.

Je n'ai pas le temps de lui rétorquer que ses droits sur le lycée sont aussi inexistants que sa syntaxe est défectueuse, l'immense tas de terre benné par le camion est soudain agité d'un inquiétant soubresaut.

Tandis que ses bords s'effondrent, son centre s'élève de plusieurs mètres, prend la forme d'une colonne d'aspect humanoïde, aspect humanoïde que l'adjonction de deux bras aussi épais qu'un homme finit de valider.

– Merde, merde, merde !!!

Il ne s'agit pas d'une formule magique mais de l'expression d'un sentiment proche de la panique. Les gobs ont invoqué un Élémentaire !

Encore quelques secousses et l'Élémentaire achève de se former. Trois mètres de haut pour deux de large, il est constitué d'un conglomérat de terre et de cailloux que je sais aussi dur que du béton. Il est planté sur deux jambes encore plus énormes que ses bras et si son visage n'est qu'une effrayante esquisse dépourvue d'orifices, le reste est en parfait état de marche.

Un Élémentaire n'est pas à proprement parler un Anormal. Il s'agit plutôt d'une force liée à la nature qu'une invocation amène à la vie. Et quand je dis vie, je suis excessive. Un Élémentaire n'est dirigé que par des pulsions primaires et la volonté du magicien qui l'a invoqué. Il arrive qu'un Élémentaire s'auto-invoque mais cette génération spontanée est extrêmement rare et, neuf fois sur dix, résulte, en réalité, d'un sortilège de protection jeté sur un lieu de pouvoir par un magicien mort et oublié depuis longtemps.

La plupart du temps, un Élémentaire n'a pour objectif que le retour à l'élément dont il est issu : terre, eau, air, feu, et puisque le seul moyen d'y parvenir est d'accomplir ce pour quoi il a été invoqué, il l'accomplit le plus rapidement possible et sans trop tergiverser. L'Élémentaire est en quelque sorte la main-d'œuvre idéale pour l'invocateur qui ne cherche pas la finesse.

Celui qui s'est matérialisé devant moi ne déroge pas à la règle. De toute évidence, les gobs l'ont appelé pour détruire le lycée du toit jusqu'aux fondations, et que le lycée en question abrite des élèves ne lui pose pas plus de problèmes de conscience qu'à ses maîtres. Il effectue un pas qui le conduit à la limite du pentacle.

– Hé toi ! Arrête !

J'ai crié. Avec le même résultat que si j'avais ordonné à un train de s'envoler. Un gobelin aussi sournois que laid m'adresse une affreuse grimace.

– Les Élémentaires pas connaissancent de l'existantialité de l'Association. Pas obéissancent à la ordonnance des Agents maudites. Bisque, bisque…

J'ignore s'il s'apprêtait à dire « rage » et je ne le saurai jamais parce que trop, c'est trop. Je shoote.

Mon pied le cueille juste sous le menton, ce qui lui fait décrire une courbe aérienne, assez harmonieuse, je dois l'avouer, jusqu'au moment où il s'écrase sur le sol avec un bruit à l'image de sa trogne. Écœurant.

Ses copains interprètent visiblement ce geste comme une autorisation à bouger car ils s'égaillent telle une volée de moineaux en direction du préau proche et donc de l'entrée du lycée.

Un frisson de mauvais augure me glace les épaules tandis que des cris retentissent au-dessus de moi. Je lève la tête. La moitié des élèves du bahut sont aux fenêtres et contemplent la scène, effarés.

Me voir sauter du quatrième sans me tuer a dû leur faire un drôle d'effet, l'Élémentaire qui gesticule, heureusement prisonnier du pentacle, est…

Prisonnier du pentacle ? Vraiment ?

– Par les cornes de Lucifer !

Un des gobelins s'est dissimulé derrière une poubelle avant de se glisser subrepticement dans mon dos et ce stupide nabot est en train d'effacer le pentacle.

Je m'arrête de courir avant même d'avoir commencé. Je suis rapide, d'accord, mais le gobelin n'a pas besoin de créer une porte large de deux mètres pour que l'Élémentaire soit libéré. Rompre la continuité du tracé sur trois centimètres suffit pour qu'il sorte.

La preuve : il sort !

Le gob pousse un cri de joie.

Assez bref, son cri de joie. Il s'éteint dans un gargouillis peu ragoûtant lorsque le pied de l'Élémentaire se pose sur sa tête et le transforme instantanément en pizza aux anchois, sauce tomate.

Vous comprenez pourquoi je le qualifiais de nabot stupide ?

Contrairement à ce que l'on pense, un pentacle ne sert pas à invoquer mais à protéger l'invocateur de la créature qu'il invoque. Vous me suivez ?

Pour peu que son tracé ne soit pas raté, le plus féroce des daedroths est incapable de le franchir. L'invocateur peut ainsi, en toute sécurité ou presque, poursuivre son travail, à savoir poser des questions qui, neuf fois sur dix, resteront sans réponse. Ou tenter une soumission, c'est-à-dire essayer de prendre le contrôle de la créature invoquée en s'appuyant sur une magie de haut vol réservée aux experts.

J'ignore si les gobelins avaient prévu de soumettre l'Élémentaire et, comme il ne reste pour me renseigner que celui que j'ai assommé et son copain écrabouillé, je ne le saurai sans doute jamais.

L'Élémentaire pousse un cri retentissant, à mi-chemin entre le rugissement d'un lion à la puissance douze et le fracas d'une avalanche de rochers, semble hésiter un court instant, semble seulement, puis se met en marche. Droit vers le lycée.

Ça, ce n'est pas de chance !

Puisqu'il n'est pas soumis, il aurait pu choisir de redevenir tas de terre ou, s'il avait vraiment envie de se dégourdir les pattes, de partir dans la direction opposée. Raté ! Il a opté pour le lycée.

Une créature, même si elle est aussi dépourvue d'intelligence qu'un Élémentaire, n'est jamais contente d'être invoquée et il ne fait pas bon se trouver sur son chemin quand, par malheur, elle se libère.

Or l'Élémentaire s'est libéré, il est en colère et je suis sur son chemin.

Sur son chemin et prise dans un dilemme terrible. Fuir ou ne pas fuir ?

Là est la question.

L'instinct de survie, pourtant embryonnaire chez moi, me pousse à prendre mes jambes à mon cou mais la règle 7 de l'Association m'impose de ne pas bouger.

« L'Agent se conforme strictement à sa mission » stipule la règle en question et ma mission est claire : régler un problème territorial avec la plus grande discrétion.

Bon, pour la discrétion, c'est râpé. Il doit y avoir trois cents élèves aux fenêtres, sans compter ceux et celles qui, à l'intérieur, sont en train de découvrir que les gobelins existent ailleurs que dans l'œuvre de Tolkien. Walter ne sera sans doute pas content, content…

La mission, elle, peut encore être sauvée. Régler un conflit territorial peut en effet se traduire, a minima, par empêcher un Élémentaire de détruire un lycée, non ?

Du coup, voilà mon dilemme résolu.

Je me plante sur mes jambes, brandis ma carte professionnelle devant moi et hurle de toute la puissance de mes poumons :

– Association ! Stop !

« Certains de vos contacts avec les Anormaux seront sans doute rugueux, nous a expliqué Walter lors d'une formation récente. Si c'est le cas, rappelez-vous que vous êtes les Agents de l'Association et donc les représentants de la loi. Ne doutez jamais de vous et les Anormaux vous respecteront. »

Walter sait se montrer convaincant et, malgré mon sale caractère, je n'ai pas douté, ce jour-là, de la véracité de ses propos. Et je n'en doute toujours pas.

– Association ! Stop !

Je manifeste une telle autorité, une telle détermination, que l'Élémentaire va m'obéir. C'est certain.

Il ne m'obéit pas.

Apparemment, il n'envisage même pas de me respecter.

Pas du tout.

En trois pas, il est sur moi.

Pas le temps d'esquisser un mouvement de fuite. Un poing aussi gros que ma tête m'emboutit le thorax et je m'envole. Si loin, qu'en comparaison le gobelin de tout à l'heure semble avoir effectué une simple galipette.

Douleur effroyable dans les côtes.

Trajectoire rectiligne, direction le mur. À vue de nez, quatre-vingts kilomètres à l'heure.

Impact.

6

Aïe !

7

Petit retour en arrière.

J'avais quatorze ans lorsque l'Association s'est intéressée à moi.

Non. Retour en arrière insuffisant pour vous permettre de comprendre pourquoi et comment un Élémentaire pris de folie me balance contre un mur. Pour vous expliquer cela, je dois remonter le temps jusqu'aux mois qui ont suivi ma première aventure, celle de la neige et du chemin.

C'est parti.

L'affaire, je parle de la découverte d'un bébé abandonné au cœur de l'hiver, a eu un retentissement énorme. Plusieurs semaines durant, j'ai monopolisé la une des journaux et les compétences d'un bataillon d'enquêteurs qui, entre parenthèses, ont enquêté en vain. Des tas de gens se sont apitoyés sur mon sort et, lorsqu'il a été admis qu'on ne retrouverait jamais trace de mes géniteurs, une multitude de propositions d'adoption sont arrivées jusqu'à moi.

À l'époque, je ne savais pas lire. C'est donc un juge et une assistante sociale qui ont été chargés de me trouver une nouvelle famille.

Ils avaient le choix et, quand après avoir bien réfléchi ils ont pris leur décision, j'ai failli bénéficier d'une enfance tout ce qu'il y a de plus normal près de parents aimants.

Failli. Simplement failli.

Les hasards de la vie, ceux, plus complexes, de la paperasserie administrative, et ceux, plus complexes encore, de la psychologie enfantine en ont décidé autrement.

Les hasards de la vie qui ont incité ce sympathique couple venant chercher leur future enfant, moi en l'occurrence, à prendre l'avion, n'ont rien imaginé de mieux que faire exploser l'avion en vol. Exit les parents aimants.

Les hasards de la paperasserie administrative ont enchaîné en égarant mon dossier puis, une fois le dossier retrouvé, en me classant par erreur parmi la masse des enfants abandonnés mais non adoptables, et les années ont commencé à défiler.

Et les hasards de la psychologie enfantine ?

Eh bien, alors que je rebondissais de famille d'accueil en centre d'hébergement pour mineurs en détresse et de centre d'hébergement pour mineurs en détresse en famille d'accueil, j'ai développé un sens aigu de l'autonomie que de savants médecins ont appelé « pathologie de la fugue », ainsi qu'un besoin légitime de raisonner par moi-même que lesdits savants médecins ont traduit par « allergie irrémédiable à toute forme d'autorité ».

Bref, j'avais cinq ans lorsqu'un peut-être futur grand frère, aîné d'une peut-être future famille, m'a attrapée par les cheveux afin de m'obliger à jouer au docteur avec lui. Nous étions dans la cuisine et je n'ai eu qu'à tendre le bras pour saisir une poêle en fonte qui passait par là. Une fois calmées les ardeurs médicales du peut-être futur grand frère, j'ai quitté la maison par la fenêtre.

Que cette fenêtre se soit trouvée au troisième étage n'a eu aucun effet notoire sur l'événement mais les vingt-trois points de suture de l'apprenti docteur ont gommé l'adjectif « possible » de notre avenir commun et l'expression « quelle délicieuse petite fille » de la bouche de ses parents pour la remplacer par « il n'est pas envisageable que nous accueillions chez nous une enfant aussi instable et potentiellement dangereuse ».

Instable et potentiellement dangereuse.

Un descriptif partiel et partial de ma personne qui m'a accompagnée durant mon enfance puis ma jeunesse sans pour autant les rendre malheureuses. Et vous savez pourquoi ? Parce que je me fiche de ce qu'on pense de moi. Je m'en fiche complètement. Mieux que ça, l'idée que l'on me considère comme potentiellement dangereuse a tendance à me réjouir.

J'ai donc grandi entourée de copains et de copines, à la place des frères et sœurs habituels, rendant des comptes, parfois, à des éducateurs et non à des parents. Et vous savez quoi ? Ça ne change rien !

Enfin, je crois.

Bon. Et l'Association, alors ?

L'accident de la grande roue du parc de la Ronde à Montréal, ça vous rappelle quelque chose ? Non ? Il a pourtant fait du bruit et je ne parle pas uniquement du bruit de ma nacelle quand elle s'est détachée.

J'avais quatorze ans à l'époque et l'équipe du centre qui m'hébergeait depuis quelques mois avait eu l'idée géniale de nous conduire sur l'île Sainte-Hélène pour une journée de détente.

La grande roue n'est pas la plus impressionnante des attractions du parc. Niveau sensations, Goliath ou Vertigo jouent dans la catégorie supérieure. Sauf que pour celui ou celle qui a toujours rêvé d'être un oiseau, la grande roue c'est le top. J'ai tenté de convaincre mes copines de m'accompagner mais elles n'étaient pas intéressées et je suis montée seule à la rencontre du ciel.

Deux tours puis, alors que j'amorçais la descente, un craquement sinistre dans les fixations métalliques au-dessus de ma tête. Je n'ai pas eu le temps de me poser des questions ni d'avoir peur. Ma nacelle s'est décrochée avec un boucan infernal. Elle a rebondi sur les rayons de la roue, a percuté son axe, s'est écrasée sur la cabane d'un vendeur de barbe à papa avant d'achever sa course folle contre un arbre.

Et vous savez quoi ?

Je ne me suis même pas cassé un ongle.

J'étais seule dans la nacelle et quand j'en suis sortie sous les regards stupéfaits des badauds, j'avais les idées à l'envers. Mon corps, lui, était parfaitement opérationnel.

« La miraculée de la grande roue » m'a-t-on appelée dans les quotidiens du lendemain, un des journalistes, sans doute sous l'effet de drogues psychotropes, n'hésitant pas à me comparer à un ange tombé du ciel. D'accord, j'ai les cheveux blonds et à quatorze ans j'étais déjà mignonne mais le coup de l'ange, ça m'a fait rigoler.

Le lendemain, un type est venu me voir au centre. Il s'est présenté comme un expert en assurances chargé de l'enquête sur l'histoire de la veille ; j'ai très vite compris qu'il n'était pas celui qu'il prétendait.

– Tu as connu d'autres mésaventures de ce genre ? m'a-t-il demandé après avoir pris quelques notes bidon sur les circonstances de l'accident.

Je l'ai regardé au fond du crâne, histoire de m'assurer qu'il ne se moquait pas de moi.

– Ouais.

Il a vérifié que personne ne nous écoutait puis s'est penché vers moi.

– Raconte !

– Chaque fois que je monte sur un manège, il se casse la figure.

Il a écarquillé les yeux.

– C'est vrai ?

– Non. En revanche si vous voulez vraiment que je vous raconte ma vie, il va falloir que vous m'expliquiez qui vous êtes et ce que vous voulez.

La surprise qui s'est peinte sur le visage du type m'a procuré le même plaisir qu'une tablette de chocolat aux noisettes. Pourquoi les adultes imaginent-ils si souvent qu'enfance rime plus avec déficience qu'avec intelligence ?

Il a hésité un instant puis s'est décidé à parler.

– Je travaille pour une association un peu particulière. Une association qui a des ramifications partout dans le monde mais que peu, très peu de gens connaissent.

– Une association secrète ?

– C'est ça, une association secrète.

– Et vous faites quoi dans votre association ? Espionnage ? Trafic de drogue ? Recel ? Vente d'armes ?

Nouvelle tablette de chocolat aux noisettes.

– Non. Nous gérons les Anormaux.

– Les quoi ?

– Les Anormaux. Ces créatures que la plupart des hommes considèrent comme mythiques et qui existent pourtant bel et bien.

– Des créatures ?

– Vampires, trolls, garous, goules, daedroths, Élémentaires, esprits divers et variés, gobelins, kobolds, et une foule de cousins moins connus mais tout aussi réels…

Le type s'est tu pour savourer à son tour la tablette de chocolat que lui offrait ma stupeur.

– Vous plaisantez ?

– Absolument pas. Les Anormaux existent et le but de l'Association n'est ni de les détruire ni de révéler leur existence mais de les gérer. En toute discrétion, avec comme objectif unique de préserver le fragile équilibre qui règne entre eux et nous, les Normaux.

J'ai laissé échapper un sifflement.

– Waouh ! Ça c'est un boulot génial !

– À qui le dis-tu ! Complexe, parfois dangereux mais génial.

– Cela dit, à supposer que vous ne soyez pas un total mytho et que les vampires ou les trolls ne soient pas des légendes, ce ne doit pas être facile de les… gérer.

– Non. En effet. C'est pour cette raison que l'Association emploie des Paranormaux.

– Des quoi ?

– Des Paranormaux. Des humains qui possèdent un pouvoir, un talent, une capacité qui les rend… différents et donc plus aptes que d'autres à gérer les Anormaux. Ils sont peu nombreux et lorsque nous en découvrons un, ou une, nous faisons notre possible pour l'engager. Un département entier de l'Association a pour tâche de repérer les Paranormaux et de les convaincre de rejoindre l'Association. Je travaille pour ce département.

– Et ?

Le type a souri.

– J'ai beaucoup parlé, tu n'as rien dit.

– Parce que j'ai quelque chose à dire ?

– Oui. M'expliquer, par exemple, comment tu peux sortir indemne d'une nacelle qui tombe de trente mètres de haut, rebondit une douzaine de fois et s'écrase contre un arbre…

J'ai réfléchi une seconde puis j'ai haussé les épaules. Je n'avais encore jamais raconté ça à personne et je n'avais pas prévu de le faire avant d'avoir fêté mes cent cinquante ans, mais il n'y a que les imbéciles qui ne changent pas d'avis, non ?

– Disons que… je ne me casse pas facilement.

Léger sourire en retour.

– Vraiment ?

Ce diable de type ne semblait pas décidé à se satisfaire d'un euphémisme. Un bon point pour lui.

Il voulait savoir ?

Il allait savoir.

– D'accord. Disons que je suis presque incassable.

8

Presque incassable.

Quand je percute le mur du préau, j'ai le douloureux sentiment que j'ai atteint les limites de l'adverbe « presque ».

Le choc est en effet si violent que plusieurs parties essentielles de mon corps, dont mes bras, mes jambes, mes vertèbres et mes côtes, réclament aussitôt leur autonomie. Une autonomie que mon cerveau, occupé à inventer l'adjectif brouillardeux, envisage de leur accorder, histoire d'avoir la paix.

J'accepte de glisser au sol tout en refusant de glisser dans l'inconscience et, pour faire bonne mesure, je glisse la main dans ma poche. Le contact de mon téléphone – ouf, il n'est pas cassé – rend de la cohésion à mes organes et de la cohérence à mon esprit.

Je compose le numéro de Jasper d'un doigt que l'urgence rend fébrile. Il décroche à la troisième sonnerie, ce qui laisse le temps à l'Élémentaire de franchir la moitié de la distance qui le sépare du lycée.

– Allô !

La voix de Jasper est tellement hargneuse que je peine à la reconnaître. Hargneuse et haletante. Le mélange, sur fond de craquements, claquements et autres bruissements est si surprenant que, pendant une seconde, j'oublie ma situation pour m'inquiéter de la sienne.

– Jasper ? C'est Ombe. Tout va bien ? J'entends des bruits bizarres…

– *Ça va ! Je poursuis… un suspect… taillé comme une… armoire à glace… Je suis sur le point… de le rattraper… Il n'a plus… aucune chance… !*

Qui dit suspect dit Anormal. L'image de Jasper cavalant derrière un garou, un vampire ou un gnome est si ridicule que je cesse illico de m'inquiéter à son sujet.

– Je vois… Jasper, j'ai besoin d'un renseignement. Comment vient-on à bout d'un Élémentaire de la terre ?

– *D'un… heu…* balbutie-t-il avec son éloquence habituelle. *De l'eau… Il faut l'arroser d'eau… Pourquoi… ? Est-ce que tu… ?*

Je raccroche.

Jasper est un puits de sciences, un puits de sciences profond et très utile, mais il n'a pas que des qualités. En fait il n'a que cette qualité. Par exemple, et outre sa fâcheuse tendance à lorgner ma poitrine, il peut s'avérer aussi collant au téléphone qu'un vieux chewing-gum sous une semelle. Et, vous l'aurez compris, j'ai mieux à faire qu'à bavarder.

Je me redresse en grimaçant et jette un regard autour de moi. Trouvé ! Enroulé autour d'une jante de camion peinte en rouge vif, un épais tuyau d'arrosage attend l'incendie qui lui offrira son jour de gloire.

Je claudique jusqu'à la vanne, l'ouvre en grand, m'empare du tuyau, en déroule quelques mètres et en dirige le museau sur l'Élémentaire qui arrive, tel un golem gonflé aux hormones de croissance.

Un véritable geyser jaillit.

Si fort que je recule de trois pas.

L'Élémentaire, lui, ne bronche pas. Au contraire. Alors que je l'imaginais déjà transformé en flaque de boue, l'eau semble le durcir, tout en lui octroyant la souplesse qui lui faisait défaut. Dur et souple. Oui, c'est possible !

Il incline ses trois mètres de caillasse, saisit à deux mains un des piliers qui soutiennent le préau et tire d'un coup sec. Le pilier s'arrache à ses fondations tandis que le plafond prend soudain un ventre inquiétant.

Agis, bon sang, Ombe ! Agis !

Je tiens toujours le tuyau. Je m'élance, me baisse pour éviter un coup de poing qui, sinon, m'aurait arraché la tête - d'où l'importance de l'adverbe « presque » placé devant incassable - plonge entre les jambes de l'Élémentaire, me relève, tourne autour d'une cheville aussi épaisse que mon buste, esquive un deuxième coup de poing, passe derrière l'autre cheville, me faufile à nouveau entre les jambes de l'Élémentaire…

Une baffe monstrueuse effleure ma joue, me soufflant qu'il devient malsain de m'attarder.

Je bondis en arrière. Le tuyau se tend. Pourvu que ceux qui l'ont fabriqué l'aient prévu suffisamment solide !

L'Élémentaire me suit.

Ou plutôt tente de me suivre.

Ses pieds sont attachés et, comme son QI est aussi bas que la production de fraises au Groenland, il n'en prend conscience qu'au moment où il bascule et s'écrase.

Pile-poil à l'endroit voulu.

Sur les tiges métalliques qui sortent du sol, à l'emplacement où se trouvait le pilier !

Dans un boucan de tous les diables, un nuage de poussière s'élève autour de nous malgré l'eau qui continue à jaillir du tuyau.

Bon. Si on ne liquide pas un Élémentaire en l'arrosant, on ne le détruit pas non plus en le perforant, ni même en le criblant de trous. Si, en revanche, on parvient à l'immobiliser assez longtemps, on peut le démonter morceau par morceau. Pour peu qu'on soit assez motivé et assez costaud pour ça.

La motivation ne pose pas de problème. Je suis en pétard depuis que mon sort a foiré, et la fausse piste de ce blaireau de Jasper n'a rien arrangé. Quant à la force…

Disons que je n'ai pas tout révélé au type de l'Association qui m'a recrutée à Montréal.

L'Élémentaire est à plat ventre. Quatre tiges d'acier le clouent au sol et ses pieds sont toujours attachés mais il ne lui faudra qu'une poignée de secondes pour se relever et reprendre son travail de démolition.

Une poignée de secondes que je n'ai pas l'intention de lui concéder.

Je fonce prendre une des pioches abandonnées par les gobelins, reviens en courant, la brandis au-dessus de ma tête et, en poussant un ahanement de bûcheron, l'abats sur le coude de l'Élémentaire, y ouvrant une brèche sympathique.

Deux autres coups et son avant-bras se détache, ce qui lui complique sérieusement la tâche pour y prendre appui.

Le reste n'est que question de méthode.

Le deuxième avant-bras, les genoux, quelques coups aussi sauvages que judicieux dans la colonne vertébrale ou ce qui en tient lieu et je finis le boulot en lui réduisant le crâne en graviers.

Lorsque je lâche ma pioche, je suis en nage mais l'Élémentaire a cessé de gigoter.

Bon, j'en vois parmi vous qui secouent la tête (je n'aime pas l'expression branler du chef, je vous ai dit que j'avais un problème avec l'autorité), l'air d'insinuer que j'ai une drôle de façon de gérer les Anormaux et qu'à ce rythme-là il ne restera bientôt plus personne à gérer…

Que les choses soient claires :

Un, les Élémentaires ne sont pas à proprement parler des Anormaux puisque, créés par la magie à partir d'un élément, ils n'ont pas d'existence propre.

Deux, je fais ce que je veux.

Et pour l'instant, ce que je veux, c'est achever ma mission et me tirer de là. Accessoirement, je veux aussi mettre la main sur Jasper et lui demander des comptes. À coups de boule si nécessaire. « Il faut l'arroser d'eau. » Abruti, va !

Bon. Chaque chose en son temps. Je m'occuperai de Jasper plus tard.

J'essuie la sueur qui a coulé sur mon visage, je fais jouer les articulations de mon cou, celles de mes épaules, puis j'entre dans le lycée à la recherche des gobelins.

Les hurlements qui proviennent du troisième étage me guident avec l'efficacité d'un GPS. Ils sont là, occupés à terroriser une dizaine de lycéens coincés au fond de la salle polyvalente.

Et vas-y que je grogne, vas-y que je gesticule, que je montre les dents, que je renverse les tables… des gosses mal élevés dont la pantomime est toutefois assez efficace pour qu'en face d'eux il n'y ait que claquements de dents, pleurs et cris d'angoisse.

J'attrape le gob le plus proche par le collet et je le soulève pour le regarder dans les yeux. Beurk, qu'il est laid !

– Ça suffiaïe !

« Ça suffiaïe », mélange explicite de « ça suffit » et de « aïe ». « Ça suffit » parce que j'en ai ras le pompon, « aïe » parce que ce maudit cancrelat m'a mordue.

Un réflexe, par définition, ne se contrôle pas. Je balance le mordeur le plus loin possible. Manque de bol pour lui, la fenêtre est ouverte, ce qui permet de vérifier l'ancien adage selon lequel la différence entre un oiseau et un gobelin ne réside pas dans leur façon de chanter. Il s'écrase douze mètres plus bas et trouve logique de mourir sur le coup.

Et un gobelin de moins, un.

Un joli vent de panique se met à souffler sur la salle polyvalente. Les gobelins se ruent vers la sortie mais je me rue plus vite qu'eux et leur barre le passage. Demi-tour précipité des gobelins en direction des lycéens qui hurlent de plus belle. Quelque part dans le lycée, une sirène entame son concert tandis que, dans la rue, ses cousines policières et pompières lui donnent la réplique.

« De la discrétion, Ombe, de la discrétion ! » L'image de Walter, figure écarlate sur chemise bleue et cravate jaune canari, me fait crisser des dents. Crissement que je transforme en ordre. En ordres :

– Les gobs, vous ne bougez plus ! Les autres, vous quittez la salle dans le calme !

Pour une fois, je suis obéie. Pas à la lettre mais obéie quand même. Les gobelins, s'ils continuent à s'agiter, cessent de vouloir forcer le passage et les lycéens quittent la salle. Pas dans le calme, mais ils quittent la salle.

Du coin de l'œil, j'avise une dizaine de véhicules giropharesques qui pénètrent dans la cour. Une horde de types en uniforme en débarque pour se déployer avec l'efficacité des acteurs pro dans les films d'action made in USA. Fissa, Ombe, ton temps est compté.

Je sors ma carte, masquant du pouce le mot « stagiaire », trop voyant à mon goût, sous le A qui indique mon appartenance à l'Association, et j'aboie :

– Vous la fermez et vous ne bougez plus d'un poil !

« L'Agent chevronné, soucieux d'être compris, adaptera son vocabulaire à l'Anormal auquel il s'adresse. »

Le conseil, offert par un éminent spécialiste des langues anormales, me revient en mémoire un peu tard. La moitié des gobs contemplent la porte en se demandant visiblement comment la fermer alors qu'ils n'ont pas le droit de l'approcher, les autres observent avec inquiétude les poils qui couvrent chaque centimètre carré de leur peau. Je me reprends très vite :

– Vous vous taisez et vous ne bougez plus !

Puis j'enchaîne :

– Rupture de contrat. Si vous ne réintégrez pas, immédiatement et à jamais, vos cavernes, vous serez condamnés à verser mille trois cent douze pièces d'or par journée de présence à l'extérieur plus un demi-litre de sang de dragon chaque fois qu'un humain apercevra l'un de vous.

J'ai étudié les gobs, je sais que le porte-monnaie est leur point le plus sensible et, depuis une semaine que je végète entre ces murs, j'ai eu le temps de préparer ma tirade. Son impact porte néanmoins au-delà de mes rêves les plus fous. Les gobelins tombent à genoux et, dans un merveilleux ensemble, me supplient :

– Non, par pitié, nous pas méritassions d'être ruinassés du prix hors de prix du sang de dragon et du prix cher de tant beaucoup de pièces d'or cher.

Sans la moindre pitié, je leur porte le coup de grâce :

– Le coût du procès que vous intentera l'Association sera à votre charge, votre réputation sera ruinée et il est probable que la Grande Bouche Édentée se détourne à jamais de vous !

Deuxième point ultrasensible du gob : sa réputation. Un d'entre eux s'évanouit tandis que ses compagnons n'en mènent guère plus large.

– Si vous ne voulez pas être considérés pour l'éternité comme un peuple de menteurs parjures et endettés, rentrez chez vous et ne revenez plus !

Je montre la sortie d'un geste péremptoire et les gobelins se précipitent. En quelques secondes, je me retrouve seule.

Pas pour longtemps. Des bruits de pas dans les escaliers proches, des appels, des cris… Il est temps de disparaître.

De la discrétion, Ombe. De la discrétion.

9

Ma moto, une Kawa Z1000, noire comme la nuit, démarre au quart de tour.

J'adore le chant de son moteur relayé par ses quatre échappements. Feutré à bas régime, il monte dans les aigus à partir de 5 000 tours, devient rugissement à 7 000 et à 9 000 c'est l'apothéose. En plus, elle n'est même pas trafiquée, ma bécane. Ou à peine.

J'accorde un moment de plaisir à mes oreilles et d'apaisement à ma tête puis, alors que je rêve de mettre les gaz, je tourne la clef et je prends mon téléphone.

Mademoiselle Rose, pivot du bureau parisien de l'Association, répond aussitôt. D'accord, il n'est que dix-neuf heures mais je pense qu'au milieu de la nuit elle aurait aussi répondu. Je me demande si elle a une vie en dehors de l'Association.

– Oui, Ombe ?

Autre particularité de mademoiselle Rose, j'ai beau être en numéro masqué, elle sait toujours quand c'est moi qui appelle.

– Je… je…

Encore une particularité de mademoiselle Rose, elle me fait perdre mes moyens. Face à elle, je bafouille, je rougis, comme si je redevenais la petite fille timide que je n'ai jamais été. C'est terrible mais, malgré mes efforts, je bascule à chaque fois.

Bon. Je me reprends :

– La mission est achevée. Les gobs renoncent à leurs visées sur le lycée.

– Les gobs ?

– Euh… les gobelins.

– Parfait.

– Euh… mademoiselle Rose ?

– Oui, Ombe ?

Par tous les diables, je ne vais quand même pas me mettre à pleurnicher.

– Je… euh… question discrétion, j'ai… euh… un peu foiré.

– Un peu ou beaucoup ?

La voix de mademoiselle Rose n'a pas varié d'un iota et il serait vain d'y chercher trace d'une quelconque émotion, pourtant je tremble.

– Euh… Beaucoup.

– D'accord. Je lance la procédure d'effacement.

Et voilà une autre particularité de mademoiselle Rose : avec elle il n'y a pas de problèmes. Que des solutions. Un poids non négligeable quitte mes épaules tandis que je pousse un soupir de soulagement… qui se coince dans ma gorge.

– Ombe ?

– Euh… oui ?

– Nous t'attendons dans les locaux de l'Association demain à la première heure.

Et elle raccroche.

Merde ! C'était trop beau pour être vrai. Convocation au 13 rue du Horla rime avec passage dans le bureau de Walter et si ce dernier, malgré son statut de directeur de l'agence parisienne, ne m'effraie pas, je n'ai aucune envie de recevoir le savon qu'il me réserve.

Aucune envie mais pas le choix.

Merde !

J'avoue que ma mauvaise humeur ne dure pas. Comment demeurer morose quand on file à beaucoup à l'heure sur une moto de rêve qui répond à la moindre de vos sollicitations ?

Impossible et, en entrant sur le périphérique, je me surprends à éclater de rire dans mon casque. La vie est belle, Ombe. Profite.

Ma Kawa est neuve. Comme mon téléphone high-tech et mon ordi portable. Et ce, grâce à l'incroyable coup de bol qui m'a amenée un soir du mois dernier à prendre un café dans un rade rue Legendre. Je vous raconte ? Ne vous inquiétez pas, ce sera bref.

J'étais assise sur une banquette au fond du rade lorsqu'un type s'est approché de moi. La quarantaine entretenue avec soin, propre sur lui, bien fichu mais pas du tout mon genre.

Je m'apprêtais à le renvoyer dans ses buts, il m'a prise de vitesse :

– Détendez-vous, mademoiselle, je n'ai aucune intention de vous draguer, juste vous proposer un travail facile et joliment rémunéré.

Il a dû s'apercevoir que la tirade qu'il voulait rassurante n'avait pas joué son rôle parce qu'il a poursuivi sans reprendre son souffle :

– Je suis photographe pour un mensuel connu et je prépare un reportage sur la mouvance gothique. J'ai besoin de modèles et vous correspondez exactement à ce que je recherche.

– Suis pas gothique.

Il a secoué la tête.

– Vous êtes photogénique, cela m'a coupé le souffle dès que je suis entré dans ce café. Cela seul compte. Nous trouverons des vêtements pour vous au studio et de quoi vous maquiller.

J'ai jeté un regard à mon reflet dans le miroir proche. Cheveux blonds et courts en pétard, yeux bleus, jolis c'est vrai mais au nombre terriblement banal de deux, débardeur (oui, je sais, le mois dernier nous étions en novembre et il gelait mais j'avais oublié mon blouson à l'appart'), jean et, comme j'étais assise, il ne pouvait pas deviner à quel point je suis bien fichue.

Soit ce type était un dragueur à l'imagination débordante soit je tenais un plan pour renflouer mes finances, dans le rouge depuis... toujours.

– Ça veut dire combien, joliment rémunéré ?

Il a avancé un chiffre.

Glups !

J'ai failli lui demander s'il parlait en centimes, me suis retenue de justesse, suis parvenue à afficher un air blasé en calculant à toute vitesse. Deux ans et demi de salaire d'Agent stagiaire !

Waouh !

– Par séance ?

Il a souri sans parvenir à masquer sa surprise.

– Vous négociez bien !

– Je sais ce que je vaux.

– Je pense qu'une séance suffira mais si d'aventure j'avais besoin d'autres clichés je connais désormais vos tarifs. Quand êtes-vous disponible ?

– Maintenant.

J'avais lancé ça sans réfléchir, il m'a prise au mot.

– D'accord.

Voilà comment je me suis retrouvée, un soir de novembre, déguisée en gothique tendance gore dans un studio de photographe, mitraillée de tous côtés et sous tous les angles.

Voilà surtout comment je me suis retrouvée en possession d'un sympathique paquet de billets violets que je n'avais encore vus que dans les films.

Voilà enfin comment, dès le lendemain, je me suis retrouvée au guidon d'une moto haut de gamme.

Qui, au moment où je vous parle, se faufile dans les embouteillages parisiens avec la grâce d'une raie manta au milieu des récifs de coraux. Jolie image, non ?

Je vis dans un petit appart', rue Muad'Dib, avec deux filles rencontrées sur un site de recherche de colocataires. Lorsque je suis arrivée en France, je ne débordais pas de joie à l'idée de partager cuisine et salle de bain avec des inconnues, mais l'état de mon compte en banque ne m'offrait aucun choix.

J'avoue que, m'attendant au pire, j'ai été heureuse de découvrir deux chouettes nanas. Laure, exubérante et joyeuse, prépare un master communication tandis que Lucile, grande et discrète, est en licence d'ethnologie. Pour elles, je suis étudiante en fac d'anglais, rôle facile à tenir vu que je suis réellement inscrite à la fac et vu, surtout, que je parle anglais depuis que je sais marcher ou presque. Pendant mes études au Canada, j'ai également appris le japonais, le russe, l'italien et l'espagnol, le tout en moins de temps qu'il n'en faut à un Breton pour maîtriser l'art de la pâte à crêpes. Ne soyez pas étonnés, je vous l'ai dit, je suis brillante en langues. Du moins quand ces langues sont vivantes.

Nos emplois du temps respectifs nous laissent pas mal de liberté et, sans verser dans une promiscuité affective qui nous fatiguerait vite, nous partageons ensemble de franches rigolades, voire des soirées totalement déjantées, à trois ou en compagnie de ceux et celles qui, au bon moment, ont la chance de croiser notre route. Je précise au bon moment parce que ni elles ni moi ne nous lions de façon durable et nos amis sont, dans tous les sens du terme, de passage.

Lorsque je suis arrivée en France, je pensais que cette incapacité à m'attacher de façon durable était un trait de caractère qui prenait ses racines dans mon enfance, genre effet collatéral de l'absence de parents. Avec Laure et Lucile, j'ai compris que les chemins conduisant à l'autonomie et au besoin d'indépendance sont aussi nombreux que différents.

Ainsi Laure, pour goûter l'intense, légitime et, dans son cas, très fréquent plaisir de tomber amoureuse, assume à la perfection la brièveté de ses relations. Et comme elle veut rester disponible pour le prochain coup de cœur qui est toujours pour bientôt, elle évite de se lancer dans des amitiés dévoreuses de temps et d'énergie.

Lucile, elle, considère que l'ethnologie est un art de vivre plus qu'un sujet d'étude et il est courant, en rentrant chez nous, de la trouver en train de discuter avec un immigré bosniaque, un sans-papiers malien, une Bolivienne et ses enfants, autant d'invités surprise qui disparaissent comme ils sont arrivés. Vite et en silence. À croire qu'ils n'ont jamais existé ailleurs que sur une page de l'infini mémoire qu'elle rédige.

Mon cas est un peu différent. Si Laure et Lucile ont choisi l'indépendance, elle m'a été imposée par la vie, et je ne parle pas uniquement de mon statut d'orpheline. Très tôt, je me suis aperçue que je dégageais une drôle d'aura, une aura qui attirait les gens à la manière d'un phare attirant les phalènes. Jeunes et moins jeunes se pressaient autour de moi, me parlaient, avaient envie de me prendre dans leurs bras, de m'embrasser... Cette attirance, souvent embarrassante, ne durait toutefois pas et se transformait en un sentiment oscillant entre crainte, déférence et répulsion. J'avais l'impression d'être un aimant à polarité changeante, passant de fascinante à repoussante sur un inaudible et mystérieux claquement de doigts, sans comprendre ce qui provoquait fascination ou aversion.

Au fil des années, cette drôle d'aura s'est affirmée et j'ai fini par l'appeler mon « cadho », charme à durée homéopathique. Les garçons, par exemple, me tournent autour comme des abeilles tournent autour d'un pot de miel mais dès que j'en accepte un dans mon lit, et après une brève, et intense, flambée de passion, il n'a de cesse d'en sortir. Quant à mes amis, ils brillent par leur volatilité autant que par leur nombre.

Ne vous affolez pas, je ne changerais de place ou d'aura, puisque aura il y a, pour rien au monde. Ma situation a beaucoup plus d'avantages que d'inconvénients, à commencer par une liberté que je considère comme la drogue ultime : des effets incroyables et aucun risque d'overdose.

Soucieuses de nous préserver et d'éviter d'éventuelles effusions de sang, Lucile, Laure et moi avons, dès les premiers jours de notre colocation, établi un code de survie commune sous la forme d'une impressionnante liste de droits et de devoirs affichée dans les endroits stratégiques de l'appart'.

Devant la longueur de la liste en question, notre incapacité à la rendre exhaustive et, soyons honnêtes, nos difficultés à respecter son contenu, nous avons fait marche arrière.

L'essentiel. Ne conserver que l'essentiel. Nous avons donc épuré notre code jusqu'à le rendre parfait.

Une seule et unique règle : pas de garçon deux nuits d'affilée ou alors pas dans le même lit !

Pour le reste, on se débrouille.

Laure, Ombe et Lucile.

Nous avons éclaté de rire en découvrant ce que formaient nos initiales et nous nous sommes empressées de l'écrire en gros sur notre porte : LOL !

Que ceux que ça n'amuse pas aillent se faire pendre.

10

13 rue du Horla. L'Association a choisi pour installer son antenne française un immeuble vétuste à la façade bedonnante qui dresse sa décrépitude entre le chantier d'un projet résidentiel mort-né et un hôtel louche où les chambres se louent à l'heure.

Question discrétion, Walter – si c'est lui qui a choisi le lieu – s'est surpassé. Question standing, c'est la honte.

Je pousse la porte. Le hall, trois mètres carrés pas du tout carrés, pue la pisse et la cigarette froide, les prospectus qui jonchent le sol ont été imprimés avant l'invention de l'écriture et la lumière de l'unique ampoule qui se balance au plafond permet à peine de discerner les premières marches de l'escalier conduisant aux étages. Un paradis pour cafards ambitieux ou une source d'inspiration pour poète maudit. Cochez la case qui vous correspond.

J'entame mon ascension. Au premier, je passe devant une porte sur laquelle un extraterrestre a fixé une plaque hallucinante : « Amicale des joueuses de bingo ».

J'ignore ce qu'est le bingo mais l'idée que des amies s'amusent à y jouer suffit à me glacer le sang. D'autant que j'ai déjà croisé Mme Deglu, la présidente de l'Amicale, dans l'escalier. Le bingo doit être une forme de vaudou. En plus trash.

Le deuxième étage est celui de l'Association. Au cas où un Agent se perdrait et continuerait vers le troisième et son « Club philatéliste », une âme charitable a inscrit « L'Association » en lettres appliquées sur un petit panneau moche.

Lorsque j'ai demandé à mademoiselle Rose pourquoi il n'y avait pas de sonnette, elle s'est contentée de sourire. C'est Jasper qui m'a expliqué un peu plus tard.

– Tu ne ressens pas la magie qui vibre dans la porte ?

– Euh… non. Je sens plutôt le chou moisi.

– Il y a pourtant des sortilèges de malade à l'intérieur. Celui qui les a mis en place connaît son boulot, crois-moi.

– Et ils servent à quoi ces sortilèges ?

– À protéger la porte. Une roquette tirée à bout portant serait incapable de la rayer.

– Pourquoi diable quelqu'un tirerait une roquette sur cette porte ?

– Ben… pour entrer.

– Pour entrer, il suffit de frapper. La porte s'ouvre automatiquement.

Jasper a arboré ce sourire suffisant que je déteste.

– Et quand tu frappes, d'autres sortilèges se déclenchent. Les gens à l'intérieur savent immédiatement qui tu es, comment tu es habillée, équipée, armée. Si tu es animée de mauvaises intentions, une incantation et hop, ils te grillent sur place !

C'est à Jasper et à ses explications que je pense en frappant à la porte de l'Association. Me griller sur place ? Pourvu que Walter ne soit pas trop en colère contre moi.

Un déclic sec. J'entre.

– Bonjour, Ombe.

– Euh… Bonjour, mademoiselle Rose.

Elle est assise derrière son bureau, ledit bureau placé de façon à ce qu'elle contrôle d'un simple regard les visiteurs qui pénètrent dans les locaux de l'Association et les deux couloirs qui s'ouvrent de chaque côté de la porte.

Cheveux gris noués en chignon, lunettes rondes cerclées de métal, tailleur si neutre qu'il en devient irréel, traits impassibles, elle est l'archétype de l'austère secrétaire du siècle dernier sauf que… c'est mademoiselle Rose. Et que, dès la première fois où je l'ai vue, j'ai compris qu'elle était bien davantage que la femme qu'elle paraissait être. Si ma description ne vous paraît pas claire, je vous suggère de monter au deuxième étage du 13 rue du Horla afin de vous faire votre propre idée du personnage.

Mademoiselle Rose est la secrétaire du bureau parisien. Elle gère les missions des Agents, les relations avec le bureau international, s'occupe de régler les éventuelles bavures (glups) et passe vingt-cinq heures par jour devant son ordinateur, même si une rumeur persistante la présente comme l'ultime recours de l'Association en cas de problème grave sur le terrain.

– Assieds-toi, Ombe.

Drôle comme une phrase prononcée sur un ton neutre peut ressembler à un ordre. Drôle aussi que quelqu'un d'aussi réfractaire que moi à l'autorité n'envisage pas une seconde de désobéir à cet ordre. Je m'assois.

– Ton rapport.

Je sais qu'avec elle, il faut aller à l'essentiel et comme je n'ai aucune envie de m'étendre sur mon fiasco, je lui résume mes aventures de la veille en moins de dix phrases. Elle m'écoute sans bouger, ne paraissant surprise qu'à la fin. Et quand je dis surprise, j'exagère à plein tube. Elle hausse juste un sourcil.

– Démoli à la pioche ? Vraiment ?

– Euh… oui. Enfin… Surtout la tête. Les bras aussi. Et les jambes.

– Très bien.

Elle pose le crayon gris avec lequel elle a pris des notes. À cet instant précis, timing trop parfait pour ne pas être voulu, une porte s'ouvre dans le couloir de gauche et la grosse voix de Walter s'élève, pareille au rugissement d'un morse en colère :

– OMBE !!!

Une esquisse de sourire survole les lèvres de mademoiselle Rose. Si fugace que je suis certaine d'avoir rêvé. Mademoiselle Rose ne sourit pas. Ne sourit jamais.

– Tu devrais y aller, Ombe. Walter est un peu tendu ce matin.

Tendu ?

Apoplectique serait plus approprié.

Walter est un vieux bonhomme de cinquante ans au moins, gras et chauve. Il a d'ordinaire le visage aussi rouge que le cul d'un babouin, couleur qu'il s'applique à mettre en valeur en s'habillant de façon exécrable, mariant chemises et cravates avec un tel manque de goût qu'on finit par penser que c'est volontaire.

Quand j'entre dans son bureau, c'est ce qui me saute immédiatement aux yeux et manque me les crever. Chemise rose fuchsia, délicate broderie jaune vif sur la poche et cravate bleu pétrole à pois blancs. Médaille d'or de l'immonde. Hideux à mourir.

Sauf que Walter ne me donne pas le temps de mourir.

– De la discrétion, Ombe ! vocifère-t-il. De la discrétion !

Drôle d'exiger de la discrétion en hurlant de pareille manière, non ?

– L'Association est régie par neuf règles, poursuit-il sans prendre le temps de respirer, et chacune de ces règles s'appuie sur le mot DIS-CRÉ-TION !

– Même la quatrième ?

La prudence aurait voulu que je me taise et laisse passer l'orage, je n'ai pas pu m'empêcher de faire la maligne. Avantage, Walter semble désarçonné.

– Quoi la quatrième ? Quelle quatrième ?

– La quatrième règle : l'Agent a au minimum quinze ans.

Walter extirpe une nappe, pardon, un mouchoir, de sa poche et essuie la sueur qui ruisselle sur son front.

– Parfaitement ! réagit-il avec un temps de retard. La quatrième règle aussi. L'Association n'emploie pas d'enfants parce qu'ils manquent de discrétion. C'est pour cette raison que, contactée à quatorze ans, tu n'as été recrutée qu'à quinze pour réellement débuter ton travail sur le terrain cette semaine, alors que tu viens d'avoir dix-huit ans. Le débuter de façon catastrophique ! Bon sang, Ombe, quelle mouche t'a piquée ?

– J'ai agi de mon mieux. Je...

– Ton mieux est lamentable, jeune fille, indigne d'un Agent de l'Association !

– Les gobs...

– Les gobelins !

Je hausse les épaules.

– Les gobs sont arrivés en camion dans la cour du lycée pendant que je...

Walter m'arrête d'un geste de la main.

– Inutile de me raconter ton histoire, j'ai entendu le rapport que tu as fourni à Rose.

– Vous l'avez entendu ?

Flatté par ma surprise, il se rengorge et quitte du coup la zone rouge de son compte-tours personnel pour prendre un régime moteur plus adapté à la longue distance.

– Tu ne crois quand même pas que la pratique de la magie est réservée aux Agents de terrain ?

Walter jetant un sort ? L'idée est aussi loufoque que Jasper effectuant un wheeling sur une grosse bécane et je ne peux retenir un sourire qui, heureusement, passe inaperçu.

– Rattraper les dégâts et étouffer l'affaire nous a pris la nuit. L'explication officielle demeure toutefois fragile et une équipe devra travailler plusieurs jours avant qu'elle devienne inattaquable.

– L'explication officielle ?

– L'équipe de tournage d'un film d'action à gros budget s'est trompée de lycée.

Je grimace.

– C'est en effet plutôt fragile comme explication.

Erreur, Ombe. Walter remet les gaz.

– Il n'y aurait pas eu besoin d'inventer une pareille ineptie si tu t'étais montrée plus discrète ! Et le pire, c'est qu'il m'est impossible de te sanctionner.

– Vous m'en voyez ravie. Je peux savoir pourquoi ?

– Ne le prends pas sur ce ton avec moi ! explose Walter.

– Vous devriez crier moins fort. Vous perdez en charme quand vous êtes en colère. C'est dommage.

– Et ne joue pas non plus à la séductrice ! Ça ne marche pas ! s'exclame-t-il.

Un ton plus bas.

Et avec le sourire.

Sourire que je lui rends. En plus joli.

Il a l'intelligence de ne pas insister. Walter est vieux, gras et chauve, c'est un maniaque de la discrétion, il adore taper du poing sur la table mais il aime ses Agents. Surtout les plus jeunes. Et il sait qu'on sait qu'il nous aime. Et comme nous on sait qu'il sait, même quand il est en mortel pétard, il y a de l'affection qui traîne dans les coins.

Enfin, moi je sais. Comme je ne côtoie pas beaucoup les autres, j'ignore s'ils ont compris que Walter se prend un peu pour notre père. Et je m'en fiche. Pas de Walter, de ce qu'ont compris – ou pas – les autres.

– Avec ce qui s'est passé hier soir, reprend-il, je suis obligé de te mettre au vert quelques jours, le temps que les esprits se calment.

– Je croyais que je ne serais pas sanctionnée.

Walter ouvre le tiroir de son bureau et en tire un journal qu'il étale devant moi. En première page je lis « Ça ne tourne pas rond au lycée Bordage ». Après cet hilarant trait d'humour, le journaliste narre par le détail la surprise des élèves et des enseignants quand une équipe d'acteurs grimés et de monstres animés très réalistes ont, par erreur, envahi le lycée. Sa prose doit être intéressante mais je n'ai aucune envie de la lire. Mon attention reste figée sur la photo qui trône au-dessus de l'article. Une photo prise de trois quarts face, assez réussie quoique totalement inattendue. Une photo de moi !

– Qu'est-ce que… je… je… est-ce que…

Je ferme les yeux une seconde, me concentre pour retrouver mon calme, cesser de bégayer. Le bégaiement c'est bon, le calme c'est râpé.

– Qui est le fils de bâtard moisi qui a pris cette putain de photo ? Qui, quand et où ?

J'obtiens ma réponse sous la forme d'un nom placé en bas à droite du cliché : Dylan Martin ! Deux jours plus tôt, ce blaireau s'est approché de moi sous prétexte de me montrer son nouveau téléphone. Si j'avais compris qu'il me photographiait, je le lui aurais fait bouffer, son Samsung. Il ne perd rien pour attendre. Si un jour sa route recroise la mienne, la lignée des Martin embranchement Dylan risque fort de s'éteindre.

Walter balaie la question d'un geste de la main.

– Aucune idée et aucune importance. Tu es en revanche décrite dans l'article comme une des actrices principales du film. J'ignore le temps qu'il nous faudra pour étouffer cette rumeur aussi dois-tu te mettre au vert afin que personne ne te reconnaisse. Noël approche et les gens auront bientôt, je l'espère, des sujets de conversation plus intéressants que ta… prestation.

L'allusion à Noël me laisse de marbre. Par contre…

– Me mettre au vert ?

– Oui. L'Association t'offre un séjour à la campagne.

Je pousse un gémissement qui ne paraît pas le moins du monde attendrir Walter.

– Aaargh… La campagne ? Il n'y a pas plutôt une place disponible dans un bagne ou sur un échafaud ?

Walter s'éponge le front avec son mouchoir drap de bain.

– La campagne, Ombe. Un point c'est tout. Et puis écoute la suite avant de protester. J'ai une nouvelle mission pour toi. Elle se déroule loin de Paris dans un coin tranquille où tu pourras fiche le bazar sans gêner personne. Tu es contente ?

Je conserve un silence prudent.

– Si mes souvenirs sont bons, poursuit Walter, tu dois suivre une formation en fin d'après-midi. Repasse ensuite au bureau. Je t'expliquerai ce que j'attends de toi.

Je comprends que l'entrevue est terminée. Walter a pris sa décision, il est inutile d'insister. Je me lève.

Je dois avoir l'air pitoyable parce qu'il m'adresse un clin d'œil qui se veut réconfortant.

– Bien joué pour l'Élémentaire, Ombe. À la pioche. Je ne savais pas que c'était possible.

Puis ses traits se troublent.

– Ombe, ce que je viens de te dire au sujet de la campagne et du bazar que tu peux fiche, c'était une plaisanterie, d'accord ? De la discrétion. Même à la campagne. De la discrétion !

11

– Euh... Mademoiselle Rose ?

Par tous les diables, suis-je vraiment obligée de murmurer comme une souris neurasthénique ?

– Oui, Ombe ?

– Je crois que je suis à court d'ingrédients...

– Tu crois ou tu en es sûre ?

– Euh... j'en suis sûre.

– Quel type d'ingrédients ?

– Le foutoir de base, poils de chat, éclats de mica, poudre d'euphorbe, extrait d'eau élégante...

Mademoiselle Rose lève la tête de son écran d'ordinateur pour me dévisager, ce qui a pour effet d'interrompre mon énumération et de me placer en position parole off. Accessoirement de m'empourprer les joues et de me couper le souffle.

– Le foutoir de base ?

Comment rattraper un mot proféré par erreur, le ravaler et le faire oublier ?

Impossible.

Même en essayant de toutes ses forces.

– Euh… simple façon de parler.
– Ah.

Elle baisse les yeux et se remet à taper sur son clavier. Je pousse le soupir étonné du condamné à mort dont la peine vient d'être commuée en trois semaines de vacances aux Seychelles. À cet instant, je sens l'expression « foutoir de base » quitter définitivement mon vocabulaire.

Du moins celui que j'emploie quand je m'adresse à mademoiselle Rose.

– Va voir le Sphinx.

Il me faut une seconde pour réaliser que c'est à moi qu'elle a parlé et trois de plus pour me glisser dans le deuxième couloir, celui qui s'ouvre à droite de son bureau.

Au contraire du premier, large et bien éclairé, qui dessert le bureau de Walter, la bibliothèque de l'Association et une série de pièces interdites aux stagiaires, le second est étroit et ne conduit qu'aux toilettes, à un petit vestiaire et, tout au bout, à un placard de rangement.

C'est la porte de ce dernier que j'ouvre. Un seau poussiéreux, une serpillière desséchée et un vieux balai me saluent tristement le temps que je tire sur l'anse du seau.

Déclic, puis grincement cathartique. Le sol du placard se soulève, une cabine d'ascenseur apparaît. Pas vraiment high-tech la cabine. On y tient à un, pourvu que le un ne soit pas gros. Elle est fissurée sur toute sa hauteur, tandis que l'ampoule faiblarde qui l'éclaire se prend pour un clignoteur à rythme aléatoire. Peut-être que l'Association ne tient pas plus que ça à la vie de ses Agents.

Trois boutons fatigués me proposent leurs services, chacun avec son numéro. Le 0 correspond au placard à balais même si le placard à balais se trouve au second. Le -1 est celui de la salle des archives, tandis que le -2 envoie l'ascenseur vers l'armurerie.

Ne me demandez pas -1 ou -2 quoi, je l'ignore. La seule chose que je sais, c'est que l'immeuble n'est pas censé posséder des sous-sols et que les atteindre est long. Et inquiétant. J'appuie sur -2 et, en croisant les doigts pour que la cabine n'explose pas durant le trajet, j'entame ma descente.

Que ceux qui imaginent que l'armurerie de l'Association a un rapport, même lointain, avec celle des films de James Bond aillent se rhabiller.

Bon d'accord, on y invente des armes – face à un vampire sur les dents ou à un garou enragé, il vaut mieux être armé et, si possible, de façon efficace – mais il serait vain de chercher la débauche de technologie létale qui aide 007 à réussir ses missions.

Bon d'accord, comme le héros de Fleming, l'Agent qui se risque au -2 n'a pas une chance sur dix mille de comprendre la nature de la moitié de ce qui l'entoure.

Bon d'accord, certaines inventions concoctées ici ont sauvé la vie de pas mal de ces Agents.

Mais c'est tout.

L'armurerie de l'Association est différente de ce que vous pouvez imaginer parce que l'armurier n'est ni un savant aussi fou que prévisible, ni un Einstein autiste, ni un ancien militaire désabusé. C'est le Sphinx.

Et puisqu'on parle du Sphinx...

La porte de l'ascenseur s'ouvre à moitié. Elle couine, gémit, proteste avant de renoncer à ouvrir sa deuxième moitié. Je me faufile tant bien que mal, je tends la main à la recherche de l'interrupteur puisque les lieux sont plongés dans l'obscurité... une voix grave interrompt mon geste.

– Non. Attends. Je n'ai pas fini de les nourrir.

Je m'immobilise.

Le Sphinx ne porte pas ce nom à cause d'une pathologie aggravée de l'élocution qui le contraindrait à s'exprimer par énigmes mais parce qu'il aime, chérit, adore, vénère les papillons.

Oui. Les papillons.

Il élève les papillons comme d'autres jouent au loto ou lisent de la poésie. Il y en a partout ici. Dans des cages, sous des cloches, en liberté. Partout. Des gros, des petits, des colorés, des ternes, des diurnes, des nocturnes et parmi ces derniers, le papillon fétiche, celui qui lui a donné son nom : le sphinx !

Sauf que le vrai nom du sphinx, le papillon, c'est sphinx tête de mort, et que le Sphinx, l'armurier, n'a pas une tête de mort mais une tête de gladiateur. Cheveux très courts en brosse, visage couturé de cicatrices, yeux bleu pâle de tueur impitoyable et étonnante absence de sourcils, ce dernier détail n'ayant rien à voir avec les gladiateurs.

– C'est bon, Ombe. Tu peux allumer.

Je ne me pose même pas la question de savoir comment il sait que c'est moi. Bosser pour l'Association, c'est admettre de plonger dans l'irrationnel.

Le Sphinx achève de fixer sur leur cage la toile sombre qui protège ses précieux nocturnes de la lumière et se tourne vers moi.

Question corpulence, ce type se range également dans la famille des gladiateurs. Aussi large que haut et aussi épais que large. À quelques centimètres près. Du muscle partout. Du muscle efficace, dur et noueux, pas du gonflé aux stéroïdes. Du muscle de cogneur. D'ailleurs, signe qui ne trompe pas, chaque fois que je le vois, j'ai envie de le tester sur un tatami ou au fond d'une ruelle obscure, histoire de vérifier s'il est costaud comme il y paraît...

– Qu'est-ce que tu veux ?

Avare de mots, le Sphinx.

– Refaire le plein.

– Le plein de quoi ?

Je soupire.

– Sphinx, vous êtes mieux placé que moi pour le savoir, je suis nulle en magie. Hier j'ai tenté de lancer un sortilège sonore pour détourner l'attention d'une classe de lycéens, un truc enfantin à la portée du premier débutant venu. J'ai juste réussi à leur faire croire que j'avais lâché le pet le plus immonde de la création.

Lueur d'intérêt dans l'œil du Sphinx.

– Tu as aussi créé l'odeur qui va avec ?

– Non.

– Dommage. Le travail magique sur les phéromones volatiles, particulièrement celles des lépidoptères, est parmi les plus intéressants qui soient.

– Ah...

Je ne peux quand même pas lui avouer que je me contrefiche de ses papillons. Il doit néanmoins le deviner ou alors il lit dans mes pensées parce qu'il embraie :

– Alors, ce plein ?

– Ben... si vous pouviez me choisir un nécessaire basique qui ne nécessite pas trop de formules et, si possible, pas en haut-elfique ou en araméen, ce serait parfait.

Ses lèvres frissonnent, ce qui, chez lui, est la marque ultime d'une hilarité débridée.

– Quelque chose du genre mallette du petit sorcier en herbe ?

– Du genre, oui.

Pendant qu'il farfouille dans une série de boîtes rangées sur des étagères branlantes, j'autorise mes yeux à se promener autour de moi. Ils s'arrêtent très vite sur un superbe coutelas à la lame large et épaisse aussi affûtée qu'un rasoir.

– Joli canif...

Le Sphinx acquiesce d'un hochement de tête.

– Alliage argent-titane. Titane pour la dureté et le tranchant, argent pour ses propriétés particulières.

– Garous ?

– Ouais.

Il se dit beaucoup de bêtises sur les Anormaux. Sans doute parce que les gens, ne croyant pas à leur existence, laissent libre cours à leur imagination débordante. Il se dit beaucoup de bêtises, c'est vrai, néanmoins certaines des choses qui se disent sont vraies. Prenez les garous par exemple. Humains maléfiques, victimes d'une terrible malédiction qui les oblige à se transformer en bêtes assoiffées de sang lorsque la lune est pleine, traquant les voyageurs dans les forêts sombres pour les dévorer, insensibles aux blessures sauf à celles provoquées par des armes en argent… Ça, c'est ce qui se dit.

La vérité est un peu différente. Les garous ne sont pas des humains et ne sont victimes d'aucun maléfice. Ils détiennent juste la possibilité de se transformer en êtres mi-hommes mi-loups assez impressionnants, je l'avoue. Ils vivent en clans et, s'ils sont bagarreurs, susceptibles et cognent plus vite qu'ils ne réfléchissent, ils ne dévorent que rarement les voyageurs. En revanche, et sur ce point la légende rejoint la réalité, ils développent une allergie extrêmement virulente à l'argent.

– Il te plaît ?

Le Sphinx désigne du menton le coutelas que je contemple toujours.

– Oui.

– Ta prochaine mission concerne les garous ?
– Aucune idée. Walter ne me rancardera que ce soir.
– Alors le couteau reste ici.

Je n'essaie même pas d'argumenter puisque je n'ai aucune chance de le faire changer d'avis. De notoriété publique, le Sphinx est insensible à tout ce qui ne possède pas des ailes et des antennes…

Un bref salut auquel il répond par un grognement puis je récupère les ingrédients qu'il a collectés à mon intention, les fourre dans mon sac et me dirige vers l'ascenseur.

La dernière vision que j'ai de l'armurerie est la silhouette massive du Sphinx penché sur un alambic, une douzaine de papillons multicolores voletant autour de sa tête de gladiateur.

Étonnant.

12

– N'empêche, Ombe, que t'as encore laissé la fenêtre de la salle de bain ouverte et que je me suis gelée.

Laure essaie de se mettre en colère mais comme elle est amoureuse depuis une bonne semaine, elle se trouve bloquée en mode béatitude niaise et même les histoires de salle de bain, pourtant complexes chez nous, ne parviennent pas à ternir son euphorie.

J'échange un regard complice avec Lucile, regard qui n'échappe pas à la vigilance de Laure.

– Et ce n'est pas la peine de vous payer ma tête parce que vous avez du sang d'Esquimau dans les veines et que vous n'êtes pas fichues de savoir quand il fait froid.

Du sang d'Esquimau. Jolie formule.

Lucile est d'origine scandinave, norvégienne pour être plus précise. Grande, fine, elle a de longs cheveux blonds qui lui donnent un charme fou mais, fait étrange, elle n'en a pas le moins du monde conscience. Elle passe son temps à lire, à étudier et, de nous trois, c'est la seule à n'éprouver aucun intérêt pour les garçons.

Les ancêtres de Laure, eux, sont nés en Italie et elle a passé son enfance en Provence. Petite, les cheveux noirs et bouclés, la peau mate, des yeux immenses, elle dégage une énergie sidérante qui la consume tout en la régénérant et embrase ceux qui l'entourent. Un volcan en activité. De nous trois, c'est la seule à éprouver un intérêt démesuré pour les garçons.

Je joue la carte de l'apaisement. J'ai une fâcheuse tendance à ouvrir les fenêtres – je déteste les atmosphères confinées – et à oublier de les refermer. Lucile s'en moque, chez elle, à la limite du cercle polaire, on n'a froid qu'à partir de – 30 °C, mais Laure a la nostalgie des cigales et elle a besoin de chaleur pour exister.

– Désolée. Je ferai attention désormais.

La grimace de Laure est une ode vibrante à l'incrédulité toutefois elle aussi choisit l'apaisement. Elle se verse une tasse de thé, je bois une gorgée de bière, Lucile en profite pour ouvrir un bouquin et, pendant un moment, nous jouissons en silence de l'ambiance douillette de notre appart'.

– Musique, les filles ?

– Non !

Laure et Lucile ont crié ensemble, ce qui ne me décourage pas.

– J'ai le dernier album de Fear Factory sur mon iPod. Vous...

– Non !

Je pousse un long soupir. La musique est le seul point sur lequel nos goûts divergent de façon absolue.

Laure se repaît d'une insipide chanson française, Lucile est branchée classique et opéra, totalement incompréhensible, et je n'écoute que du heavy metal, avec un goût prononcé pour la mouvance metal industriel américain que ni Laure ni Lucile ne considèrent comme de la musique.

– Tant pis. Vous ne savez pas ce que vous perdez.

– On sait surtout ce qu'on évite, rétorque Laure. Des maux de tête et des caries dentaires.

La répartie me tire un sourire. Qui disparaît lorsque mes yeux tombent sur la pendule murale. Oups, j'ai failli oublier le séminaire de formation. Je me lève d'un bond et attrape mon casque.

– Rendez-vous urgent, je crie à mes copines en me ruant hors de l'appart'.

– Ton blouson ! me crie Laure.

– Pas le temps.

Avantage de la moto à Paris, un retard n'est jamais irrémédiable. La preuve, quand je me gare au fond de la cour où se dresse l'institut de langues qui accueille le séminaire, je suis en avance !

L'institut en question est privé. L'Association se contente, quand c'est nécessaire, d'y louer un auditorium pour une formation. Ce qui me fait d'ailleurs penser que je n'ai aucune idée du sujet de celle que je suis censée suivre aujourd'hui. J'ai reçu le programme sous sa forme codée habituelle mais je ne l'ai pas lu et je serais bien à mal de dire où il se trouve à l'heure actuelle.

Pas très important.

J'attache ma moto lorsqu'un blondinet à la mèche soigneusement travaillée au gel ultrarigide, effet mouillé garanti tête de blaireau, arrive à ma hauteur. Seize ans maximum, pas encore de poil au menton, carrure de moustique et l'allure qu'aurait Leonardo DiCaprio s'il n'était pas charmant. Pas du tout mon genre.

– Salut, Ombe. Ça va ?

– Ouais.

Je l'ai déjà croisé lors de différents séminaires. Il s'appelle Jules, ou Julien, ou peut-être Maxime et c'est un Agent de l'Association, comme moi.

– Tu suis la formation sur les trolls ?

– Ouais.

Il bombe son ersatz de torse.

– Lors de ma dernière mission, j'ai eu affaire à un troll…

J'ai fini d'attacher ma moto et je me redresse, ce qui nous permet de constater que je mesure dix centimètres de plus que lui. Je plante mes yeux dans les siens et lui offre ce sourire si particulier qui, pour charmant qu'il soit, est tout sauf un sourire.

Une fois encore, ça fonctionne. Jules, ou Julien, ou alors Maxime, se fige et le vernis d'assurance passé, sans doute à grand-peine, sur ses traits imberbes se craquelle.

– Euh… j'ai failli avoir affaire à un troll. Enfin… j'ai eu affaire à un Anormal qui avait eu affaire à un troll. Euh… un lutin qui… enfin… un…

– Maxime ?
– Euh… je m'appelle Jules.
– Jules ?
– Euh… Oui, Ombe ?
– Il fait beau, non ?

J'ai failli lui conseiller de se pacser avec son lutin et de m'oublier, je me suis retenue in extremis. « L'aide à un Agent en danger prime la mission », assène la huitième règle. Bon, d'accord, nous ne sommes pas en mission et Jules n'est pas en danger, sauf s'il persiste à jouer le joli cœur avec moi, mais le fait que nous travaillions pour la même Association induit une certaine retenue. Que j'ai souvent tendance à oublier.

– Euh… oui, il fait… beau. Un peu froid peut-être…

Regard appuyé sur mon tee-shirt que je décide, magnanime, de ne pas relever. Le regard, pas le tee-shirt.

– Il fait beau, tu le reconnais, alors ne gâche pas ma journée s'il te plaît. Tu suis ta route, moi la mienne et les lutins seront bien gardés, d'accord ?

– Euh… d'accord.

Je le plante là et je pénètre dans l'institut.

Devant la porte de la salle 13, un faux balayeur monte une garde vigilante. Je lui présente ma carte qu'il prend le temps d'examiner en détail avant de me laisser entrer.

Une douzaine de jeunes Agents stagiaires sont déjà là. Leurs visages me sont pour la plupart familiers mais je n'ai adressé la parole qu'à deux ou trois d'entre eux.

Je ne connais vraiment que Nina, une petite rousse qui se considérait comme une experte en arts martiaux avant de me rencontrer, et…

Tiens, Jasper n'est pas arrivé.

Ou alors il n'est pas inscrit dans le même cursus de formation que moi. Ce serait dommage, j'ai des explications à lui demander, des explications qu'il a intérêt à me fournir s'il ne veut pas perdre ses dents de devant.

Je m'installe tandis que le chargé de cours, un type grand et sec à l'air mauvais, marche de long en large devant le tableau blanc. Il boite de façon prononcée et, de temps à autre, nous compte avant de se tourner vers la porte de l'auditorium comme s'il attendait quelqu'un.

Un quelqu'un qui finit par entrer.

Jasper.

Long manteau noir, longue chemise noire, longue écharpe noire, cheveux noirs en bataille, peau pâle, visage fin, il serait pas mal, voire charmant, s'il ne passait pas son temps à trébucher sur les gens, les choses et les émotions.

Là, par exemple, plutôt que d'assumer son retard, il se recroqueville sous le regard du prof, cherche piteusement une place des yeux et s'empourpre lorsqu'il m'aperçoit.

Il faut dire, à sa décharge, que je ne lui ai pas vraiment adressé de sourire engageant. Et il faut dire, à ma décharge, que j'ai de sérieuses raisons d'être en colère contre lui et donc lui d'être inquiet.

Il choisit finalement de s'asseoir près de Jules, donnant ainsi de la densité à la rangée des blaireaux, et l'expert ès trolls prend la parole d'une voix aussi mauvaise que son apparence, l'accent germanique en plus.

– Bien, puisque tout le monde est présent, nous allons commencer. Les trolls, donc. Qui parmi vous a déjà eu affaire à eux ? En réalité, bien sûr, pas dans les livres.

Je jette un coup d'œil à Jules mais il est occupé à écrire avec application sur son cahier. Blaireau et fayot !

Je réalise subitement, avec une pointe au cœur que, Jules étant Agent, il possède un pouvoir paranormal. J'avoue que j'aimerais savoir lequel mais la règle 6 est claire : « L'Agent ne révèle jamais ses talents particuliers. » J'ignorerai donc toujours si Jules est capable de cueillir les cerises avec les pieds ou de chanter la Marseillaise à l'envers.

– Pour résumer, reprend l'expert en se munissant d'un feutre pour dessiner au tableau, un troll mesure environ deux mètres. Très gros, il est aussi très fort. Capable de vous broyer le genou avec deux doigts. Comme ça : crac.

Il a baissé les yeux sur sa jambe gauche et je comprends soudain pourquoi il boite. Certains Anormaux ne se laissent pas étudier impunément.

– Est-ce qu'un troll sent mauvais ? demande Jules.

Il doit s'apercevoir que sa question est stupide parce qu'il se met à ramer de toutes ses forces, en vain, pour se rattraper :

– J'ai lu une bande dessinée sur les trolls…

Blaireau, fayot et idiot.

– Non, il ne sent pas mauvais, enfin pas plus qu'un autre, répond l'expert décontenancé. Il faut savoir que le troll est plutôt solitaire. Sauf au printemps, lorsqu'il est poussé par l'instinct de reproduction. Mieux vaut alors éviter les zones rocheuses où il aime se réfugier avec sa compagne.

Quelques stagiaires, des garçons à la puberté aussi difficile que persistante, se mettent à glousser. L'Association va mal.

Le prof soupire.

– Cela explique qu'on ne rencontre jamais de bandes de trolls comme on rencontre des bandes de garous.

– Ils parlent ? demande quelqu'un.

– Non seulement ils parlent mais ils parlent bien ! Les trolls sont capables de la plus grande violence, sauvage et destructrice, mais ils adorent philosopher.

Tiens, c'est nouveau ça. Nouveau et intéressant. Mon attention gagne trois points de bonne volonté lorsqu'un doigt se lève, interrompant le prof.

Jasper.

Je serre les dents.

– Vous êtes ironique, là ? Les trolls, des philosophes ?

Bravo, Jasper, question pertinente.

– Absolument, répond le prof. Certains ont même le sens de l'humour. Oh, un humour bien à eux mais indéniable. Le troll est un être de contraste, à la fois barbare et raffiné. Ce n'est toutefois pas sa seule particularité.

Il se tait une seconde comme pour faire durer un suspense dont on se fiche un peu. Pour ne pas dire complètement.

– Le troll est aussi extrêmement sensible à la magie.

Et voilà ! La magie ! Pourquoi diable faut-il que, à chacun de nos cours, quel qu'en soit le sujet, on parle toujours de la magie ? Je pousse un soupir, me laisse glisser au fond de ma chaise, place les écouteurs de mon iPod sur mes oreilles et, les yeux mi-clos, je pars à la rencontre de Fear Factory.

Je ne me coupe pas pour autant de ce qui m'entoure. Pas folle la guêpe. Même si je n'entends rien, je sais que le prof parle et j'entends donc quand, un long moment plus tard, il cesse de parler aux autres pour s'adresser à moi.

Je baisse le son de mon iPod, me privant d'un hallucinant riff de guitare.

– Alors, mademoiselle ?

– Alors quoi ?

Il ne croit tout de même pas m'impressionner Trollman avec son regard qu'il veut noir et qui n'est que gris foncé.

– J'expliquais à vos camarades qu'un troll est, parmi les Anormaux, le plus facile à soumettre, ce dont certains magiciens peu recommandables ne se privent pas. Je leur expliquais également à quel point un troll soumis peut s'avérer dangereux et leur exposais les deux seuls moyens à leur disposition pour se tirer d'affaire si une telle créature s'en prenait à eux.

– Ah.

– Comment ça, ah ?

– Ah. Juste ça. Ah.

Une lueur mauvaise s'allume dans l'œil du prof.

– Je suppose que vous avez un avis sur la question…

– Quelle question ?

– Comment sauver votre peau quand un troll soumis a décidé de vous réduire en bouillie !

Il me gonfle, Trollman. Il me gonfle vraiment.

– Je suppose que la réponse que vous attendez tient en un seul mot : magie, mais, au risque de vous décevoir, celle que je choisis en nécessite deux.

– Très bien. Et quels sont ces deux mots ?

– Des baffes !

Le prof secoue la tête en se caressant machinalement le genou gauche.

– Je vois. Certains pensent en effet qu'assommer une créature soumise rompt le sort. Je crains hélas que cela ne fonctionne que dans les légendes. En tout cas, personne n'a jamais témoigné de l'efficacité de cette mesure contre un troll. À un affrontement direct, je ne saurais trop vous conseiller de privilégier la mort du magicien à l'origine de la soumission. C'est moins risqué.

Je juge inutile de lui préciser que lorsque je parle de flanquer des baffes à un troll, je prévois pour notre rencontre une issue beaucoup plus définitive qu'une simple inconscience passagère.

Alors que l'attention de l'expert se détourne de moi, que Jules lève le doigt pour ce qui ne peut être qu'une question affligeante, je tends les jambes et remonte le son de mon iPod. Les trolls aiment-ils l'indus américain ? Sans doute puisqu'ils sont philosophes.

Le brouhaha des chaises que l'on tire m'extirpe de ma balade musicale.

Sans un regard en arrière, je quitte l'auditorium mais ne quitte pas l'institut. Vous vous souvenez ? J'ai une petite histoire à régler.

Hasard, prudence ou prémonition, Jasper prend son temps. Pas grave, je ne suis pas pressée. Dos contre le mur, bras croisés, j'attends dans le couloir.

Il finit par se pointer.

Rougit en m'apercevant.

Se dépêche de parler :

– Tu as vu ? Le spécialiste, là, il s'est fait bouffer la jambe par un troll.

– Si c'est toi qui lui as expliqué comment se comporter face à ce genre de bestiole, ça ne m'étonne pas.

Jasper se liquéfie. Dommage, je le préfère en version solide, mais elle ne dure jamais longtemps chez lui.

– Euh... il y a un problème Ombe ?

– Un problème ? Non, aucun problème. Juste une question. Pourquoi tu m'as dit, hier, qu'on se débarrassait d'un Élémentaire de la terre avec de l'eau ?

– Ah... J'ai dit ça ? J'ai dit de l'eau ? Tu es sûre que je n'ai pas dit de l'air ?

– Je me rappelle parfaitement ce que tu as dit, Jasper, et tu sais quoi ? J'ai failli y passer avec tes conneries !

Là, le père Jasper n'est plus liquide, il est carrément gazeux. Pitoyable.

– Je suis désolé. J'étais persuadé... Mais on était ensemble à ce cours sur les Élémentaires, non ? Tu as entendu aussi bien que moi que l'air disperse la terre alors que l'eau la renforce !

Argument misérable qui ne vaut que silence en réaction. Sauf que, du coup, Jasper se croit en droit de poursuivre :

– En plus, tu m'as appelé alors que j'étais en mission. Figure-toi que j'ai poursuivi, et capturé, un vampire hier soir ! Tout seul !

Certains combats ne méritent pas d'être menés. Je hausse les épaules, m'apprête à tourner les talons, tire une dernière salve :

– Il devait être bourré, ton vampire.

Je file.

Bon sang que je suis heureuse de retrouver ma moto.

13

Je suis en train de choisir les affaires que j'emporterai avec moi à la campagne – pourquoi ce mot me fait-il grincer des dents ? – lorsque j'entends la porte de l'appart' s'ouvrir sur Laure et Lucile. Chouette, je vais pouvoir leur dire au revoir.

Un dernier tee-shirt, ma trousse de toilette, l'enveloppe estampillée du triple sceau (A pour Association, A pour Anormaux, C pour Créature) et je boucle mon sac. Avant de sortir, je balaie ma chambre des yeux, histoire de vérifier que je n'oublie rien.

Elle me plaît bien cette chambre. Je n'ai rien d'un oiseau mais je la considère comme mon nid. Un nid plus confortable que tous ceux où j'ai eu l'occasion de me poser jusqu'à présent.

Notre appart' se trouve sous les toits, il y a des poutres partout et le plafond, au-dessus de mon lit, est très bas. Inconvénient, on se cogne facilement la tête, surtout quand on fait des galipettes en charmante compagnie. Avantage, je n'ai eu aucun mal à suspendre le sac à frapper rempli de sable sur lequel je m'entraîne le matin ainsi que mon matériel d'escalade et la paire de skis que j'ai rapportée du Canada et que je désespère de réutiliser un jour.

Une vieille armoire, achetée pour une poignée d'euros dans un dépôt-vente, et une bibliothèque repeinte en vert gazon constituent avec le lit l'intégralité de mes possessions mobilières.

Petite précision utile : aucun des livres qui se pressent sur les rayons de ma bibliothèque n'est écrit en français. Laure et Lucile sont des modèles de discrétion et je les imagine mal pénétrer dans ma chambre à mon insu pour fouiller mes affaires mais je préfère ne courir aucun risque. J'ai donc choisi la version anglaise du traité de référence sur les habitudes alimentaires des vampires, tandis que celui sur les us et coutumes des farfadets est rédigé en espagnol. Les autres volumes sont en russe. Ainsi je suis certaine de ne pas avoir à répondre à des questions gênantes si, d'aventure, l'une ou l'autre de mes copines tombait sur un ouvrage compromettant.

Sur les murs, j'ai épinglé une série de photos représentant Catherine Destivelle en action parce qu'elle n'est plus toute jeune et qu'elle reste géniale, un drapeau du Zimbabwe parce que j'aime ses couleurs, un panneau sens interdit parce qu'il me fait rigoler et un poster de Fear Factory parce que la musique de ces mecs c'est de la bombe atomique.

Ma chambre.

Mon nid.

J'empoigne mon sac et je rejoins mes copines dans la pièce commune.

Laure me jette un regard surpris.

– Tu pars ?

– Ouais. En mission.

Bon, d'accord, ce n'est pas très malin de jouer comme ça avec les mots et les situations mais c'est amusant. Laure et Lucile ignorent évidemment que je bosse pour l'Association et le mot mission n'a pas pour elles le sens qu'il a pour moi.

– Ça veut dire quoi en mission ? me demande Lucile. Tu es agent secret à tes heures perdues ?

Prudence, Ombe. Tes copines sont loin d'être stupides et, à force de jouer à la fille spirituelle, un de ces jours tu te retrouveras coincée. Je ne peux toutefois m'empêcher de lâcher un dernier trait d'humour :

– Oui, mon vrai nom c'est James Ombe 007, vous ne le saviez pas ?

Si Laure éclate de rire, Lucile se contente de hausser les sourcils.

– C'est vrai ? questionne-t-elle le plus sérieusement du monde.

Il est temps de passer la marche arrière.

– Non, bien sûr. Le traducteur d'une société internationale est tombé malade juste au moment où un important accord commercial doit être signé. N'ayant pas réussi à trouver de remplaçant par le circuit habituel, elle a contacté ma fac qui m'a proposé le boulot.

– Tu seras de retour pour Noël ? s'inquiète Laure.

Elle a beau être indépendante, Laure, elle est aussi très branchée famille, et elle nous rebat les oreilles depuis trois semaines de la grande fiesta qui se prépare chez elle, en Provence, pour Noël prochain.

Vivre ensemble n'implique pas tout se dire, loin de là. Laure ignore que je n'ai jamais réussi à atteindre deux en comptant les membres de ma famille et que les fêtes du genre Noël n'ont été pour moi que de longues journées de cafard solitaire. Je suis certaine que si je lui en parlais, elle m'inviterait - elle a le cœur sur la main - mais ce serait admettre une faiblesse et ça, c'est hors de question.

Je me contente donc dc la rassurer :

– Oui, bien sûr. Ce ne sera pas long, deux ou trois jours maximum, et ça me permettra de gagner un peu de fric.

– La société n'a trouvé personne parlant anglais ? s'étonne Lucile.

– Pas anglais, japonais. C'est plus rare et, du coup, ça rapporte plus.

J'évite d'insister sur ma maîtrise des langues étrangères avec mes copines, elles savent néanmoins que polyglotte n'est pas pour moi un mot piqué au hasard dans un dico serbo-croate.

– Quel coup de bol ! s'exclame Laure. Ce n'est pas à nous que ça arriverait.

– Lucile est partie plusieurs fois en stage, je lui rappelle. Et chaque fois des stages inattendus et rémunérés.

– C'est vrai. Je suis la seule à jouer de malchance.

Lucile hausse les épaules.

– Ne te plains pas. Serais-tu d'accord pour passer trois jours sans voir Grégoire ?

Grégoire est le dernier copain en date de Laure. Une Laure qui prend soudain un air horrifié.

– Plutôt mourir.

– Le sujet est donc clos, déclare Lucile. Ombe va passer trois jours à traduire, moi trois jours à lire et toi trois jours à te lover contre Grégoire. Nous sommes les filles les plus heureuses du monde. Tu pars quand, Ombe ?

– Dans une heure.

– Ça me laisse le temps de vous préparer une bolognaise spéciale Lulu. Vous êtes d'accord ?

C'est à mes copines que je songe en filant à bonne allure sur la route qui me conduit à la… campagne.

Comment réagiraient-elles si je leur révélais qui je suis et ce que je fais vraiment ? Continuerait-on à partager notre appartement et notre insouciance ? Peu probable, et comme je n'ai aucune envie de gâcher la bonne entente qui règne entre nous, je resterai muette au sujet de mes activités. D'autant plus muette que la cinquième règle de l'Association est formelle : « L'Agent ne révèle jamais la nature de son travail. »

J'ignore d'ailleurs ce qui se passerait si un Agent ne respectait pas cette règle ou une des huit autres. Fait étrange, aucun châtiment n'est prévu dans le règlement.

Comme si l'éventualité qu'un membre de l'Association trahisse ou se montre indigne de sa mission était tout bonnement inenvisageable.

Est-ce lié au pacte que nous signons quand nous nous engageons ?

Quoi ?

Je ne vous ai pas parlé du pacte ?

D'accord. Je profite du trajet à moto pour vous raconter.

J'avais quinze ans depuis quelques jours à peine lorsque Jim North, le type qui était venu me voir après l'accident de la grande roue, est repassé.

Je ne l'avais plus revu après notre première rencontre mais, chaque semaine depuis ce jour-là, chaque semaine pendant onze mois, il m'avait envoyé par la poste une grosse enveloppe contenant une liasse de feuilles tapées à la machine qui formaient un ensemble de cours aussi complets qu'étranges sur les Anormaux.

Sur la première feuille du premier envoi, j'avais lu l'avertissement suivant : « Tu as cinq heures pour lire et mémoriser ce dossier. Dans cinq heures exactement, il s'autodétruira. » J'avais souri devant le clin d'œil à *Mission impossible* et j'avais pris mon temps.

C'est le seul dossier que je n'ai pas achevé.

Cinq heures exactement après que j'ai ouvert l'enveloppe, les feuilles se sont embrasées avec une déflagration sourde et une telle débauche de chaleur que ma chambre a failli prendre feu.

Autant vous dire que je n'ai plus jamais traîné pour lire ce que m'envoyait Jim North.

Je vous racontais donc qu'il est repassé juste après mes quinze ans.

– Alors ? m'a-t-il demandé.

– Alors quoi ?

Déjà, à l'époque, je ne me laissais pas marcher sur les pieds et déjà, à l'époque, je ne supportais pas les questions bidon.

– Ce que tu as lu t'a donné envie d'en savoir plus ?

Habituée à la prudence, j'ai failli répondre non, mais les dossiers que j'avais dévorés pendant onze mois m'avaient passionnée. Plus que tout ce que j'avais lu ou entendu jusqu'alors. La vie des Anormaux, leurs particularités, leurs forces, leurs faiblesses et surtout cette lente et implacable fatalité qui, offrant une position de dominants aux humains, avait obligé les Anormaux à se terrer, à disparaître dans l'ombre et à accepter le statut de légendes pour ne pas disparaître définitivement.

Je n'ai pas hésité :

– Oui, j'aimerais en savoir plus.

Jim North a souri.

– Tu vas donc devoir t'engager.

– M'engager ?

– Tu en sais déjà beaucoup pour quelqu'un qui n'a pas signé le pacte. Sur les Anormaux et sur l'Association. T'en apprendre davantage sans contrepartie serait trop hasardeux pour que nous nous y risquions.

– Engagement ? Pacte ? Contrepartie ?

– L'engagement à travailler pour l'Association. Concrètement cela signifie pour toi suivre, en parallèle de tes cours, une formation sur les Anormaux, sur la magie, les sports de combat, la survie en milieu hostile et autres petites choses de ce genre.

– Waouh ! Comment refuser une offre pareille ?

– Cela te conduira aussi, dans quelques années, à quitter le Canada pour l'Europe, sans doute la France. C'est là que l'on trouve le plus d'Anormaux et que le besoin en Agents est le plus important.

– Pas de problème. Rien ne me retient ici.

– Tu es sûre de toi ?

– Ouais.

– Alors tu peux signer le pacte, a-t-il déclaré en tirant de son attaché-case une feuille déjà remplie.

– Pas de problème, je vous dis. Où est le stylo ?

Jim North a secoué la tête.

– Pas de stylo pour le type de signature que l'Association attend de toi.

Il a plongé la main dans sa poche, en a sorti un joli couteau à cran d'arrêt. Un déclic. La lame a jailli. Pointue et affûtée comme celle d'un rasoir.

– Le pacte se signe avec son sang.

Je me remémore ce moment alors que je salue de deux doigts dressés en V le pilote d'une Ducati rouge qui me croise, couché sur le réservoir de sa bécane lancée à fond.

Le moment où j'ai promené le tranchant du couteau sur mon poignet.

Le moment où quelques gouttes de mon sang sont tombées au bas de mon contrat.

Le moment où je suis devenue membre de l'Association.

Et vous savez quoi ?

Je ne l'ai jamais regretté, ce moment-là !

14

– Cette opération devrait générer, outre un appréciable gain d'image auprès du milieu fermé des professionnels du tourisme de grand luxe, un bénéfice net de plus de 850 000 euros par an, le tout à partir d'un investissement sain et, au final, assez mesuré. J'ajoute, pour finir, que travailler sur un tel projet avec une entreprise aussi réputée que la Tasuka International Corporation est pour moi un honneur et un gage de succès.

Je m'incline pour signifier à mon auditoire japonais que la traduction est achevée.

J'ai un peu cafouillé sur la prononciation de « kan'kou », tourisme en japonais, et j'ai d'abord utilisé « souken' », sain dans le sens de robuste, avant de me reprendre et d'employer « ken'zen' », mais, dans l'ensemble, je m'en suis bien tirée.

La dizaine de responsables de la firme immobilière d'investissement Tasuka s'inclinent à leur tour, salut que les membres du staff Leroy & Hern leur rendent avec plus ou moins de bonheur.

Edgar Leroy, le PDG du groupe, s'empare du micro.

– En France, la tradition veut qu'un accord soit validé autour d'un verre avant d'être signé autour d'un bureau.

Il s'est exprimé en anglais, langue que les Japonais présents ici maîtrisent suffisamment pour se diriger vers le somptueux buffet qu'il leur désigne à l'extrémité de la salle. Tandis que les hôtesses, choisies pour leur physique agréable plus que pour leur compétence à déboucher les bouteilles de champagne, nous servent, il s'approche de moi.

– Je vous remercie, mademoiselle Duchemin. Votre aide a été précieuse et je loue la chance qui nous a permis de trouver au dernier moment une interprète aussi douée que vous.

Je m'incline. Traduire en japonais induit de petites transformations comportementales assez curieuses.

– Chance pour moi également, même si elle résulte d'une malchance équivalente pour votre interprète habituel.

Edgar Leroy hoche la tête.

– C'est vrai. Appelé en urgence, le docteur qui l'a ausculté nous a toutefois rassurés. Il s'agit d'un empoisonnement alimentaire foudroyant et inexpliqué mais, heureusement, sans gravité. Il sera remis dans moins d'une semaine.

Empoisonnement alimentaire foudroyant et inexpliqué ?

L'Association s'est surpassée.

Il faut dire qu'elle en a les moyens. L'antenne parisienne et ses trois permanents sont assez peu représentatifs de sa taille, de sa complexité et du pouvoir qu'elle détient. Un bureau international qui siège on ne sait où, dirigé par des hommes qui cultivent le secret comme d'autres les salades, des ramifications sur les cinq continents, des départements chargés du recrutement, de l'analyse des perturbations Anormales, de la remise en conformité après interventions, d'autres de l'investissement, de la liaison avec les gouvernements...

L'Association est une pieuvre, puissante et omniprésente. Empoisonner un interprète pour qu'un Agent prenne sa place ne présente aucune difficulté particulière pour elle.

– Vous avez achevé votre travail et je n'aurai besoin de vos services que demain matin pour finaliser l'accord, reprend Edgar Leroy, mais si vous en avez la possibilité je vous serais gré d'accepter de vous joindre à nous pour le cocktail et le repas qui suivra. Nos invités japonais se sentiront sans doute plus à l'aise s'ils conversent dans leur langue et je ne doute pas qu'ils apprécient d'être traduits par une jeune femme aussi... charmante que vous.

Tout en discutant, il me scanne de la tête aux pieds, en s'arrêtant sur certaines parties précises de ma personne et je ne parle ni des pieds ni des coudes. Cette attitude de macho à la noix que l'on retrouve dans tous les pays du monde et dans toutes les couches de la société a le don de me mettre en pétard. Pour une fois, je me contiens. Je parviens même à sourire. Assommer Edgar Leroy en personne ne me gênerait pas mais une mission est une mission et comme j'ai déjà foiré la première...

Edgar achève de me convaincre de conserver mon calme en ajoutant :

– Vous serez évidemment défrayée en heures supplémentaires au tarif que nous avons évoqué ensemble.

Pas aussi sympathique que celui de la séance photos, le tarif en question, mais néanmoins alléchant et comme ma moto consomme pas mal...

– Ce sera avec plaisir, monsieur Leroy.

Bon. Je précise pour ceux qui s'inquiètent que j'ai fait attention à mes vêtements. Ni jean ni débardeur mais un tailleur jupe qui doit coûter une fortune (merci Walter) et, à la place de mes Doc, une paire d'escarpins vernis, aussi casse-gueule que jolis.

Je me mêle aux convives et je me glisse jusqu'au buffet avec l'élégance que l'on attend de moi.

Nous nous trouvons dans un manoir à moitié en ruine, dressé au bord d'un lac que ceint une profonde forêt. Le manoir, construit au XIXe siècle par un riche industriel, a connu son heure de gloire avant que la crise de l'entre-deux-guerres ne ruine les descendants de l'industriel et conduise son petit-fils, propriétaire du manoir, à se pendre et la forêt à reprendre ses droits.

– N'aie pas peur, m'a rassurée Walter quand il m'a expliqué le topo, je ne t'infligerai pas un cours d'histoire économique. L'Association s'intéresse au manoir uniquement à cause du lac qui le jouxte.

Il s'est épongé le front avec un mouchoir rouge assorti à sa cravate bleu lavande et à sa chemise à zébrures vertes avant de continuer :

– Dans le lac en question vit une Créature.

La majuscule que j'ai entendue à Créature a titillé ma curiosité.

– Une créature ou une Créature ?

– Une Créature. La plupart des Anormaux que nous connaissons appartiennent à des races aux caractéristiques bien définies. Des races et des histoires. Les vampires, les trolls, les garous, les gobelins et les autres se reproduisent, parfois de façon étrange, certes, mais exclusivement entre eux et dans le but universel de prolonger le chemin ouvert par leurs ancêtres. Les Créatures sont différentes. Chacune d'elles est unique, dotée d'une telle longévité qu'il est envisageable de toutes les considérer comme immortelles.

– Immortelles ? Vraiment ?

– Disons que d'aussi loin que remontent nos recherches, nous ne trouvons aucune trace de la naissance d'une Créature ou de la mort de l'une d'entre elles. Mort naturelle, j'entends.

– Et une de ces Créatures vit dans le lac près du manoir.

– C'est exact. Nul ne l'a jamais vue mais nous savons qu'elle se trouve là et il est de notre devoir de la protéger.

– Elle est en danger ?

– Oui. À la différence des autres Anormaux, les Créatures n'ont pas intégré l'apparition de l'homme et son actuelle prédominance sur la terre. Un peu comme si elles vivaient dans un univers qui se contente de côtoyer le nôtre.

– Quel rapport avec le danger que court celle du lac ?

– Depuis que nous avons connaissance de son existence, nous veillons sur elle. Elle a besoin de calme, de paix, de solitude. Nous avons donc œuvré pour que la zone soit classée inconstructible, afin de tenir les touristes éloignés et que le manoir ne soit pas réhabilité. C'est sur ce point que nous avons des soucis.

– Le manoir ?

– Oui. Récemment un groupe financier, Leroy & Hern, est parvenu à contourner les blocages mis en place et à obtenir une série d'autorisations visant à transformer le manoir en complexe hôtelier de luxe. Malgré nos efforts pour le contrer, il a passé un accord avec une firme japonaise et le projet est bien parti pour voir le jour. Si c'est le cas, la Créature du lac peut dire adieu à sa tranquillité.

– J'admets que c'est terrible pour elle mais je ne vois pas ce que je peux faire.

– Enquêter.

– Enquêter ?

– Oui. Quelque chose cloche dans cette histoire. Edgar Leroy, le PDG du groupe, a reçu une aide qu'il n'aurait pas dû recevoir.

– Une aide politique ?

– Non. Magique.

– Leroy est un magicien ?

– C'est ce que nous avons d'abord cru mais il s'avère que non. C'est là que tu entres en jeu. La signature définitive du contrat avec les Japonais aura lieu après-demain au manoir. Tu seras embauchée comme interprète, tu devras comprendre ce qui se passe et, si possible, faire avorter l'opération.

Walter s'est tu une seconde avant de reprendre en me fixant droit dans les yeux :

– Je serai honnête, Ombe. Sauver cette Créature est essentiel pour l'Association. Après l'histoire du lycée, j'aurais préféré confier cette mission au premier débutant venu plutôt qu'à toi mais voilà, tu es la seule à parler japonais. Ne me déçois pas, d'accord ?

« Ne me déçois pas. »

C'est à cette phrase que je songe en bavardant avec des hommes d'affaires japonais qui me délivrent d'affligeantes banalités sur mon jeune âge et mon étonnante maîtrise de leur langue.

« Ne me déçois pas. »

Je fais ce que je peux, Walter, d'accord ?

15

Il est deux heures du matin lorsque le repas s'achève.

J'ai mal aux pieds et, si j'ai reçu, et décliné, sept propositions malhonnêtes pour la nuit, je n'ai rien appris de probant sur l'éventuelle dimension magique du projet.

La salle où se sont déroulés les discours puis le repas a, pour l'occasion, été aménagée par des décorateurs. Des tissus colorés ont été tendus sur les murs et au plafond pour masquer les ravages du temps, un plancher provisoire a été posé et un mobilier moderne mis en place. Si l'ensemble est joli et de bon goût, cela n'empêche pas le reste du manoir d'être en ruine.

De somptueux mobile homes ont donc été loués et installés à grands frais afin d'accueillir ces puissants messieurs. Des caravanes plus modestes ont, elles, été placées un peu plus loin pour le personnel. C'est vers une de ces caravanes que je me dirige en ressassant ce qui est bien parti pour devenir mon deuxième échec.

Deux missions, deux échecs. Difficile de faire pire, non ?

Pourtant j'ai vraiment tenté de glaner des informations, au risque de paraître indiscrète, voire grossière, quand je m'immisçais dans une conversation qui, d'évidence, ne me regardait pas. J'ai tellement laissé traîner mes oreilles que si l'expression était prise au sens propre, je me serais transformée en cocker.

Tout ça pour rien !

Edgar Leroy est l'archétype de l'homme d'affaires aux dents de requin, son staff est d'une banalité qui n'a d'égale que son efficacité et les Japonais jouent à la perfection leur rôle de Japonais. Pas le moindre bout de sortilège qui traîne là-dedans. Et comme leur projet immobilier est du genre ambitieux qui dépote, j'ai peur que les jours de la Créature du lac soient comptés.

Tiens, d'ailleurs, puisqu'on parle du lac…

Je quitte le chemin principal et m'engage sur un sentier qui me conduit jusqu'à ce qui fut sans doute, un jour, une belle plage et n'est plus qu'une étroite bande de galets ronds assaillie par la végétation.

Devant moi, le lac offre au regard une étendue sombre et plane sur laquelle se reflète une étonnante lune gibbeuse. Des joncs, des nénuphars, de l'obscurité et, juste à côté, un ponton vermoulu qui s'avance en boitillant dans l'eau glaciale de ce milieu d'hiver.

Sa forme découpée faussant les perspectives, le lac est plus étendu qu'on ne le croirait en l'observant depuis le manoir. Assez étendu pour que, lorsque j'essaie de visualiser la Créature qui y vit, je sois incapable d'imaginer sa taille.

Celle d'un homme ?

D'un ours ?

D'une baleine ?

Je réalise que je n'ai pas non plus la moindre idée de son apparence.

« Chaque Créature possède une forme qui lui est propre », m'a expliqué Walter. Cela résume à peu près l'ensemble des connaissances de l'Association et cela ne fait pas grand-chose. Pas étonnant qu'aucun séminaire ne nous ait été proposé au sujet des Créatures et que le seul traité en ma possession ne comporte qu'une douzaine de pages.

L'inconnu !

Bon, je récapitule. Quelque part sous l'eau, vit une Créature qui mesure entre dix centimètres et cinquante mètres de long, pèse de douze grammes à un paquet de tonnes et peut ressembler à peu près à n'importe quoi.

Et vous savez quoi ? Je suis censée la sauver !

Comment voulez-vous que je ne foire pas mes missions, moi ?

De frustration, je shoote dans un galet, ce qui bousille mon escarpin droit mais me calme les nerfs. Par les orteils de Lucifer, je ne vais quand même pas aller me coucher !

Allez, Ombe, passe à l'action, bon sang, ton point fort !

Je jette un coup d'œil circulaire.

Personne.

Mobile homes et caravanes se trouvent de l'autre côté du manoir et je doute qu'au mois de décembre, un promeneur nocturne vienne se perdre à plus de dix kilomètres d'une route goudronnée.

Je me déshabille, plie soigneusement mon tailleur – j'en aurai besoin demain – et me risque sur le ponton. Une dizaine de mètres d'équilibre précaire plus loin, j'atteins son extrémité. Je me penche, effleure l'eau du bout de l'orteil. Je ne suis pas experte en température mais si elle atteint les 5 °C, je suis volontaire pour suivre un stage intensif de magie elfique avec les pires blaireaux de l'Association.

Je plonge.

J'effectue quelques brasses pour me détendre puis je prends une grande bouffée d'air et je descends.

Il fait noir.

Je remonte.

– Bravo, Ombe. Riche idée, ce bain de minuit à deux heures du matin. Tu fais quoi, maintenant ?

Oui, je sais, je parle toute seule et à voix haute, ce qui n'est pas forcément bon signe mais j'aimerais vous y voir, vous…

En guise de réponse à la question que je me suis moi-même posée, je me remets à nager. Il ne sera pas dit que je suis venue pour rien. Je vais traverser ce fichu lac et quand je serai de l'autre côté, je le traverserai dans l'autre sens puis j'irai me coucher.

Quand je pense que la mission de Jasper consistait simplement à attraper un vampire bourré. Elle est où l'égalité hommes-femmes dans le travail, hein ?

J'en suis à ce point de mes cogitations et à peu près au milieu du lac lorsque je repars vers les profondeurs.

Sauf que cette fois, ce n'est pas volontaire.

Un tentacule aussi gros que mon bras s'est enroulé autour de ma taille et m'entraîne sans que je sois en mesure de résister. Il fait toujours noir en bas et comme je n'ai pas eu le temps de retenir mon souffle, ma situation devient vite désagréable.

Je me bagarre avec le tentacule, essayant de toutes mes forces de desserrer son étreinte. Vous avez compris que, malgré mon physique gracile, je suis costaude et teigneuse, n'est-ce pas ? Pourtant, là, ça ne me sert à rien. Strictement à rien. Je continue à descendre et mes poumons passent en zone rouge. Alerte générale ! Dans un film, ça donnerait quelque chose du genre « Il vous reste dix secondes d'autonomie respiratoire avant une mort par asphyxie ».

Si au moins le Sphinx m'avait permis d'emporter son coutelas. D'accord, glissé sous mon tailleur, il n'aurait pas été discret mais...

Merde !

Je n'ai aucune envie de mourir comme ça.

Je n'ai aucune envie de mourir tout court.

Dans les films, toujours les films, la vision du héros se trouble à cet instant précis. Il voit des papillons noirs avant, bien sûr, d'être sauvé.

Moi, c'est le contraire.

Au moment où mes poumons m'avisent qu'ils renoncent et vont tenter de respirer sous l'eau, j'y vois clair. Entendons-nous, je ne suis pas victime d'une vision ante mortem, non, il faisait noir et, soudain, je suis prise dans un halo de clarté verdâtre.

Je ne sais pas si c'est mieux, parce que j'étouffe toujours et que devant moi…

Si c'est la Créature, elle est immonde.

Question taille, c'est la catégorie baleine, question forme, c'est du grand n'importe quoi. Un corps massif et bulbeux, une tête de cauchemar garnie d'une foison de tentacules dont celui qui me retient prisonnière, des écailles, des voiles de chairs improbables, une douzaine d'yeux globuleux de la taille et de la couleur d'un ballon de basket, des nageoires placées de façon apparemment aléatoire et une myriade de pustules qui irradient la lumière verte qui me nimbe… Un monstre.

Comme ultime vision pour une future noyée, on aurait pu trouver mieux.

Euh… Enlevez le mot « future » de la phrase qui précède.

Malgré mes efforts pour garder les mâchoires serrées, je les sens qui s'écartent. De l'air. De l'air. Je veux de l'air. Et il n'y a que de…

La Créature expire une bulle énorme qui m'englobe et se stabilise autour de moi.

Une bulle d'air !

Je prends une inspiration géante, manque suffoquer tellement ça pue, jamais je n'ai été aussi soulagée. Pourquoi se rend-on compte du caractère indispensable des choses uniquement lorsqu'on en est privé ? Pourquoi est-ce que…

– Je croyais ceux de ton espèceeeeeeeeee incapables de venir jusqu'iciiiiiiiii. Qu'à jamais ils avaient été banniiiiiiiiis.

Les mots de la Créature ont résonné d'étrange façon sous quinze mètres d'eau et son accent est pour le moins particulier mais elle parle. Le problème, c'est que ce qu'elle dit n'a aucun sens.

– Je… Les humains n'ont pas l'habitude de nager sous l'eau, c'est vrai, pourtant…

– Toi tu es différenteeeeeeeeee. Bien trop et pas asseeeeeeeeeez. Suffisamment pour ne pas te noyeeeeeeeeeer.

– Vous… vous noyez les humains ?

– Je laisse les humains m'ignoreeeeeeeeeer. Puisque tu n'es pas ce que tu paraiiiiiiiiis j'ai décidé de t'éparneeeeeeeeeer.

– Euh… merci.

Je ne vais quand même pas lui répondre qu'elle perd la boule, non ? À moins que… C'est évident, Ombe. La Créature du lac a parfaitement senti que tu n'étais pas une humaine normale mais une Paranormale ! Reste à savoir ce qu'elle reproche aux Paranormaux.

Ce qui n'est pas… urgent.

Je sens le tentacule se desserrer autour de ma taille et la bulle d'air vacille.

– Attendez.

Cinq ou six yeux se braquent sur moi, tandis qu'un voile de chair flasque ondulant dans un courant invisible me masque les autres.

– Attendez, je répète. Je suis venue pour vous sauver.

– Me sauveeeeeeeeeer ?

– Oui. Votre lac est menacé. Un complexe hôtelier va être construit à la place du vieux manoir, il y aura des gens partout, des bateaux, du bruit, du béton…

– C'est donc ça queeeeeeeeee je sens autour de moi palpiteeeeeeeeeer. Je me demandais comment il m'attaqueraiiiiiiiiiiit. Lui qui a peur de me défieeeeeeeeeer. Parce qu'il me saiiiiiiiiit plus forte qu'il ne le sera jamais.

– Qui ça, lui ?

– Le sorcieeeeeeeeeer. Dans le noir, depuis le dernier étage du manoir, il me regardeeeeeeeee. Il saiiiiiiiiit qui je suis et il connaît le pouvoir qui me gardeeeeeeeee.

– Pourquoi ne vous en débarrassez-vous pas, si vous êtes plus forte que lui ?

– Parce queeeeeeeeee mes sortilèges ont besoin d'eau pour vibreeeeeeeeeer. Tu es venue m'aideeeeeeeeeer ?

– Euh… oui.

– Alors il te faut remonteeeeeeeeeer mettre un terme à cette folie sans tardeeeeeeeeeer.

La lumière verdâtre s'éteint brusquement, la bulle se dissipe et me voilà en train de nager vers la surface.

J'ignore ce qui me motive le plus. L'envie de retrouver l'air libre et l'oxygène qui va avec ou l'idée que, sous moi, une Créature de cauchemar parle d'une voix flippante et ne m'a épargnée que parce qu'elle me trouve plus Normale que Paranormale. Ou le contraire…

En sortant de l'eau, j'hésite un instant puis je renonce à enfiler mon tailleur. Je suis trempée, ça l'abîmerait et vu la bagarre qui se profile j'ai intérêt à porter des vêtements dans lesquels je suis à l'aise.

Je me glisse à l'intérieur de ma caravane non sans avoir caressé le réservoir de ma moto qui sommeille à proximité. Je me sèche rapidement, enfile un jean, un tee-shirt, passe mes Doc.

Au boulot, Ombe.

16

Il a intérêt à répondre.

Ou alors, la prochaine fois que je le croise, c'est moi qui ne réponds de rien.

Et qu'il soit presque trois heures du matin ne change rien à l'affaire.

Tu vas répondre, oui !

Il répond.

– *Allô ?*

Je m'attendais à une voix écrasée de sommeil, il a l'air parfaitement réveillé. Mieux que ça, un sympathique solo de guitare électrique, tout sauf soporifique, retentit derrière lui. Peut-être est-il moins blaireau que ce que j'imagine…

– Jasper ? C'est Ombe.

– *Ah… Ombe… Euh…*

Non, j'imaginais bien. Jasper est un blaireau. Ou alors un timide maladif à tendance bégayante ce qui revient pratiquement au même. Il prend une inspiration sifflante – asthmatique, Jasper ? – et poursuit :

– *Je suis désolé pour l'autre jour, Ombe. Pour l'Élémentaire, je veux dire. Je croyais que…*

– Oublie, Jasper. Ce n'est pas pour ça que je t'appelle.

– *Je... Tu...*

– Tout laisse à penser que je vais me friter avec un magicien. J'ai besoin d'un conseil ou deux.

Bref silence puis :

– *Un instant, Ombe. Je suis en train de répéter avec des copains. Je quitte la pièce et je te reprends.*

Je l'entends héler quelqu'un.

– *Jean-Lu, Romu, je vous abandonne un moment... Oui, je sais... Non, c'est important... Fais pas chier, Jean-Lu, vous pouvez vous passer de moi cinq minutes, non ?*

Bruit de pas, porte qui se referme.

– *Allô, Ombe ?*

– Tu es musicos ?

Je n'ai pas réussi à masquer ma stupéfaction et je parviens presque à le voir se rengorger.

– *Oui. Dans un groupe que j'ai monté avec deux copains.*

– Waouh !

Adieu le blaireau. Serais-je passée à côté du phénomène Jasper ?

– Vous êtes dans quel trip ? Indus ? Metal ? Thrash ?

– *Euh... non. Rock... Rock plutôt folk tendance médiévale.*

– Ah... Et tu joues de quel instrument ?

Long silence puis :

– *Tu évoquais un problème avec un magicien ?*

Il a raison, Jasper. Je suis en mission, que diable !

– Oui. Il faut que je le coince mais…

– … *Tu as peur qu'il t'empêche d'approcher à distance de beignes.*

Perspicace, le garçon.

– Ouais, c'est ça.

– *Il est balèze ?*

Drôle de constater comment discuter magie offre de la confiance à Jasper.

– A priori oui.

– *Je vois… Il te faut une protection qui te permette de te déplacer et d'arriver le plus vite possible au contact… Pourquoi est-ce que tu n'utilises pas le sortilège du bouclier qu'on a étudié lors du séminaire du mois dernier ?*

– Quel bouclier ?

Petit soupir désapprobateur.

– *Sans vouloir t'énerver, Ombe, c'est le seul sortilège que tu as été capable de tisser correctement. Tu t'en es même plutôt bien tirée. Tu ne te rappelles pas les travaux dirigés ? Le prof, un grand type basané, avec un accent sud-américain prononcé. Il nous a fait utiliser de la lignite pour ses propriétés diffractives et de l'extrait de menthe pour sa capacité lénifiante. Je suis d'ailleurs persuadé qu'ajoutée à la menthe, une feuille de sauge aurait permis aux énergies protectrices de se diffuser plus vite et de…*

– Jasper ?

– *Oui ?*

– Je me souviens de ce sort, c'est exact. Il fait partie de la famille des protecteurs. Le prof en a créé un autour de lui et t'a demandé de lui balancer une boule de feu…

– *Un sortilège pyrotechnique.*

– … pour en vérifier l'efficacité.

– *Je n'ai pas eu le temps de choisir mes ingrédients. Avec trois glands de chêne rouvre et un peu de malachite, il…*

– Jasper, le prof est resté immobile alors que je dois être en mesure de bouger.

Nouveau soupir.

Désapprobation plus marquée.

Il faudrait veiller à ne pas exagérer, Jasper, d'accord ?

– *Rien ne t'empêche de lier ce sort-bouclier à un objet que tu porteras sur toi. Il fonctionnera aussi bien. Peut-être mieux.*

– Un objet ?

– *Un bijou par exemple. Tu dois en avoir un, non ?*

– Je possède une chaîne avec une médaille.

– *Si elle est en or, ce n'est pas terrible. L'idéal serait du fer. Un bracelet en fer. Le fer combat et dissout la magie, ce qui ne devrait pas trop te gêner vu l'usage euh… limité que tu en fais ! Par contre, le magicien, je te dis pas. Et si, en plus, un diamant pouvait y être enchâssé, ce serait le top. Les diamants absorbent les ondes négatives. Du coup, ça ne serait plus un bouclier que tu porterais, mais un absorbeur de mauvais sorts ! L'avan-*

tage c'est que tu n'aurais pas besoin d'élaborer un sortilège compliqué. Il suffirait d'activer le fer et le diamant par une formule de ton choix.

Je réfléchis à toute vitesse.

– Pour le diamant, c'est râpé mais pour le fer je dois pouvoir me débrouiller. Merci, Jasper. À la prochaine.

– *Ombe, attends !*

– Quoi ?

– *C'est urgent ? Je veux dire il ne peut pas attendre, ton magicien ? Je pourrais… enfin… te donner un coup de main…*

Ma première réaction est d'éclater de rire mais, étrangement, cette envie disparaît aussi vite qu'elle est née. Remplacée par un je ne sais trop quoi que je n'ai pas envie d'analyser.

– C'est gentil, Jasper, mais il faut battre le fer tant qu'il est chaud, et les magiciens aussi. Merci quand même.

– *Comme tu veux. Dis, Ombe ?*

– Oui ?

– *Sois prudente, d'accord ?*

Là, il en fait trop monsieur Magie. Je n'ai jamais été prudente. Je ne vais pas commencer aujourd'hui.

– Ouais.

Je raccroche.

Bon. Jasper est un blaireau mais il a un bon fond. Et puis…

Alors que je pars à la recherche du morceau de fil de fer qui me servira de bracelet, je réalise un truc étrange.
C'est la première fois de ma vie que quelqu'un s'inquiète pour moi.
C'est chiant même si ça réchauffe le cœur.

J'ignore si la rouille influe sur la magie aussi ai-je poli le fil de fer trouvé près de la caravane jusqu'à lui rendre son éclat initial. Il attend sagement sur une souche que j'aie achevé mes préparatifs.
Mes préparatifs.
Si je déteste la magie, je déteste encore plus l'idée de me jeter, nue et désarmée, dans la gueule d'un magicien prêt à me croquer. J'ai donc décidé de procéder dans les règles. Du moins dans les règles dont je me souviens, ce qui impose, je l'avoue, une limite assez basse à mes ambitions.
Je me suis d'abord éloignée dans la forêt. La magie est intimement liée aux forces de la nature et nulle part elle n'est aussi puissante qu'entre des arbres centenaires. J'ai dégagé une vaste portion de sol des feuilles, de la mousse et des branches mortes qui le recouvraient, puis j'ai dessiné un pentacle avec une branche de noisetier trempée au préalable dans une source proche. Pour finir, j'ai soigneusement rempli son tracé avec du sel.
Il me faut maintenant accorder leur place aux quatre éléments fondateurs. Je pose au nord un bol, récupéré dans la caravane et rempli à la source, au sud une

poignée d'humus récolté sous les racines d'un chêne, à l'ouest une pyramide de brindilles qu'une allumette suffit à embraser. J'ai choisi ces trois emplacements pour laisser l'est au vent qui souffle de cette direction et représentera le quatrième élément, l'air.

Bon. Activer le pentacle. C'est là que ça se corse.

Activer le pentacle est indispensable pour isoler l'acte de magie que je m'apprête à réaliser du reste du monde et isoler le reste du monde de l'acte de magie que je m'apprête à réaliser. Je ne pense pas être capable de créer l'équivalent magique d'une bombe atomique mais on ne sait jamais. Or une telle activation nécessite idéalement une formule déclamée en haut-elfique ou en runique, que je maîtrise assez mal, voire pas du tout. C'est d'ailleurs étonnant quand on sait avec quelle facilité j'ai appris l'anglais, le japonais, le russe, l'espagnol et l'italien.

Stop, Ombe, tu t'égares. Arrête de réfléchir et lance-toi. Tu n'as rien à perdre à tenter l'activation en français. L'essentiel demeure le lien invisible qui unit le jeteur de sorts aux forces vitales de la nature. Du moins, je crois…

– Parce que la sève du monde fait tourner la roue du temps, que le vent des ombres souffle sur l'esprit des feuilles, et que l'eau de la vie abreuve la conscience des montagnes. Parce que le casque de la nuit défend celui qui conduit son existence, que les gants de la route sifflent et que les roues tournent. Accélération, inclinaison, protection.

J'aurais bien vu l'ensemble rythmé par un slap à la basse, avec un sweeping de guitare électrique sur les trois derniers mots mais bon...

Woufff!

Mon pentacle a sonné juste et fort tandis que le sel prend une jolie couleur argentée.

Pas mal, Ombe. Pas mal. Les Elfes n'ont qu'à bien se tenir ! Et si c'en était fini du monopole qu'ils détiennent sur le verbe magique, hein Jasper ?

J'allume une deuxième pyramide de brindilles placée au centre du pentacle et lorsque les flammes s'élèvent j'y promène le bracelet en psalmodiant une formule de mon cru :

– Scutum praesidium nervus armilla adjungo.

Quand le fer devient rouge, je le saupoudre de lignite puis je le trempe dans une coupe, récupérée dans la caravane, que j'ai remplie d'extrait de menthe (désolée, Jasper, il n'y a pas de sauge dans le nécessaire que m'a préparé le Sphinx).

Je pressens que quelques mots en quenya seraient les bienvenus mais impossible de les extirper de ma mémoire. Je poursuis donc en latin de cuisine :

– In attentis armillum, net sispengo fugita Kawa.

Je précise pour ceux qui possèdent quelques rudiments de magie que Kawa n'est pas du latin mais le mot qui me permettra d'activer le sort que je viens de lier au bracelet.

Et de vérifier s'il fonctionne.

Le sort, pas le bracelet.

Je passe le fil de fer encore fumant à mon poignet droit. On ne peut dire qu'il soit très élégant mais comme ce n'est pas ce qu'on lui demande…

Du talon, j'écrase les braises de mes deux feux et je prends la direction du manoir.

La mission devient enfin rigolote.

Action.

17

Je passe non loin des mobile homes. Obscurité totale et silence complet, si on excepte un concerto assez réussi de ronflements en do majeur. Les Japonais sont venus avec leurs gardes du corps mais ceux-ci sont invisibles. Soit ils considèrent le lieu comme sûr et dorment, soit ils pensent que, pour être efficaces, ils doivent rester collés à leur patron.

Tout faux dans les deux cas.

Peut-être qu'un jour, si j'en ai assez de travailler pour l'Association – ce qui est possible – et si le pacte peut être rompu – ce qui est moins probable – je deviendrai garde du corps.

Et puis non. Passer mon temps à assurer la sécurité d'un casse-pieds pas fichu de se débrouiller seul me gonflerait très vite.

Garde du corps de moi-même.

Sauf que ça, je le suis depuis dix-huit ans et que ce n'est pas vraiment un métier.

Le manoir.

Je me glisse dans la salle de réception abandonnée. Le traiteur chargé du repas a remballé vaisselle, plats et nourriture. Il ne reste plus que le mobilier, quelques plantes en pots et les tentures que la clarté pâle de la lune transforme en voiles de bateaux oniriques.

Je franchis une porte, une des seules à tenir droit, et je m'engage dans un couloir. Il y fait sombre mais l'obscurité ne m'a jamais gênée. Je progresse le plus silencieusement possible, c'est-à-dire sans émettre le moindre bruit, pareille à un courant d'air ou à un songe.

Non, je ne me vante pas.

Je suis nulle en magie – encore que ma dernière et très récente expérience en la matière m'ait ouvert de nouvelles perspectives – mais dès qu'il s'agit de bouger…

Un hall, vaste et encore majestueux malgré ses murs écaillés, son carrelage disjoint et l'énorme fissure qui serpente depuis la porte d'entrée jusqu'à l'escalier.

L'escalier.

Je lève la tête. Selon la Créature du lac, le magicien se trouve là-haut. Sans doute au deuxième et dernier étage. Tant pis pour lui.

Je pose le pied sur la première marche. J'ai de la chance, c'est du marbre. Aucun craquement intempestif ne révélera ma présence. Devine qui est là, monsieur le magicien ?

La suite se déroule avec une parfaite limpidité dans mon esprit.

Un : m'emparer de lui.

Deux : le rendre inoffensif en le contraignant à l'immobilité et au silence.

Trois : lui poser certaines questions. Pourquoi cette passion soudaine pour l'immobilier ? Comment a-t-il réussi à contourner les protections mises en place par l'Association ? Et, surtout, que sait-il de la Créature du lac et pourquoi l'intéresse-t-elle tant ?

Quatre : téléphoner au bureau et demander à Walter comment il envisage la fin de la mission. Dois-je lui apporter le magicien sur un plateau pour complément d'informations ou préfère-t-il que je le balance dans le lac ? Je suis certaine que la Créature apprécierait le cadeau.

J'atteins le premier étage lorsque des voix se font entendre au-dessus de moi. Le magicien parle-t-il seul – une pratique trop poussée de la magie finit toujours, à mon avis, par endommager le cerveau – ou a-t-il un interlocuteur ? Je deviens une bulle de silence dans un univers de discrétion. Quelques marches et j'ai confirmation que le magicien n'est pas fou. Il y a bien deux hommes en train de discuter au deuxième étage et la voix de l'un d'eux m'est familière.

Edgar Leroy.

Assez logique finalement, même si ça m'aurait arrangée qu'il soit en train de ronfler avec ses copains japonais.

Je me faufile sur le palier.

Ils sont là, dans une pièce qui s'ouvre à trois pas, sans doute éclairés par la flamme d'une bougie si j'en crois la lumière vacillante qui rampe jusqu'à moi. Je me plaque contre le mur, glisse jusqu'à l'ouverture dépourvue de porte, m'immobilise.

– Le reste vous sera versé après la signature du contrat définitif. (Ça, c'est Edgar Leroy.)

– Ledit contrat stipulera ce que je vous ai demandé ? (Un ton plus grave, ce doit être le magicien.)

– Oui, dragage du lac, traitement massif de l'eau aux carbamates et aux organophosphates ainsi que l'installation, à court terme, d'un système de filtration particulier que vous nous fournirez. Puis-je savoir pourquoi le lac vous...

– Non.

– Non ?

– Non.

– Pourquoi ce non ? Vous en savez beaucoup sur moi, il serait logique que j'en apprenne sur vous. Cultiver le secret est une attitude souvent puérile.

– Partager un secret avec vous ? Vous plaisantez ! Vous êtes incapable d'appréhender la nature des secrets dans lesquels je baigne, des secrets que je manipule, des secrets que je génère. Votre compréhension des choses et du monde est beaucoup trop limitée pour cela.

– Je vous trouve bien arrogant soudain, s'emporte Edgar Leroy. Alors que notre accord, je vous le rappelle, demeure informel. Ne croyez-vous pas qu'il serait prudent de me montrer plus d'égards ?

– « Un accord informel » ? rétorque le magicien d'une voix glaciale. Sachez, si par hasard vous vous avisiez de ne pas le respecter, que j'ai réuni suffisamment de preuves dans ce dossier pour que la prison cesse d'être pour vous une simple case du Monopoly. Sans évoquer les autres mesures de rétorsion à ma disposition...

– Je...

– Cessons là, monsieur Leroy. Dans mon métier comme dans le vôtre, on apprécie rarement les personnes avec qui on fait affaire. Nous le savons vous et moi, et nous n'occuperions pas la situation qui est la nôtre si nous avions des états d'âme. Voire des âmes tout court.

Cette dernière phrase a été prononcée sur un ton lugubre à souhait et je ne suis pas étonnée d'entendre Edgar Leroy clore la conversation.

– Très bien. Au revoir, monsieur Siyah.

Tiens, le magicien a un nom ?

– Au revoir, monsieur Leroy.

Je m'aplatis contre le mur comme si je voulais y disparaître mais la précaution est superflue. Largo Winch demeurant une exception, un PDG est rarement un homme d'action et Edgar Leroy ne déroge pas à la règle. Il passe devant moi sans se douter un seul instant qu'en tendant le bras je lui tirerais l'oreille. Il dévale les escaliers plus vite que ne le conseillerait la plus élémentaire prudence – fatigue ? peur ? – et disparaît.

– Vous pouvez entrer, mademoiselle.

Une simple phrase percute parfois avec davantage de violence qu'un coup de poing. Et coupe le souffle avec beaucoup plus d'efficacité.

« Vous pouvez entrer, mademoiselle. »

C'est à moi qu'il parle ?

Et si oui, ce qui est assurément le cas, comment suis-je censée réagir ?

Non. Taisez-vous. Je ne vous pose la question que par politesse. Je sais ce que je dois faire et je le fais.

J'entre.

Cinquante ans. Grand et maigre, longs cheveux sombres tirés en arrière, moustaches et barbiche. Chemise de soie noire sous un pardessus noir également, chaussures vernies. Pas très effrayant, selon moi, et davantage vieux beau prétentieux que magicien.

– L'Association n'a rien trouvé de mieux qu'un poussin débutant, soit dit sans vous vexer, mademoiselle, pour tenter de me contrer ?

« Poussin débutant ? »

Il a proféré ça sur un ton dédaigneux qui me conduit à affiner mon jugement. Vieux beau prétentieux ET suicidaire.

– C'est beaucoup plus que tu ne mérites, face de rat, et quand le poussin en aura fini avec toi, tu supplieras la truie qui t'a servi de mère de refaire ton éducation.

J'ai passé la soirée à jouer la jeune fille de bonne famille auprès d'industriels japonais, mon naturel a hâte de revenir au galop.

Siyah n'en paraît toutefois pas offusqué et son sourire continue à m'implorer de le gommer à coups de pied.

– Quel langage, raille-t-il. Vous êtes plus agréable à regarder qu'à entendre. Encore que cela risque fort de ne pas durer.

Alerte, Ombe !

Quelque chose dans la voix de Siyah m'indique qu'il va passer à l'action. Je ne discerne aucun pentacle tracé nulle part mais il vient de fourrer la main dans sa poche, une poche assez grande pour contenir pas mal d'ingrédients et, à travers le tissu, je vois ses doigts s'agiter.

Je n'hésite pas.

– Kawa !

Deux choses se déclenchent alors simultanément.

Mon bracelet émet un joli « woush » qui me confirme que je ne suis pas si nulle que ça en magie.

Siyah éclate de rire.

– Kawa ? répète-t-il. Je croyais avoir mal entendu tout à l'heure, lorsque je vous regardais jouer à l'apprentie sorcière. Kawa ? Par les moustaches de Lucifer, que c'est ridicule ! Aussi ridicule qu'inefficace, ce qui n'est pas peu dire.

Je m'apprêtais à me ruer sur lui, je me fige.

Non parce qu'il utilise les mêmes jurons que moi – ce n'est qu'une raison supplémentaire de le réduire en bouillie – ni parce qu'il m'a traitée d'apprentie sorcière – ce qui, il faut l'avouer, est un peu vrai – mais parce que…

– Tu m'as observée ?

– J'ai senti votre présence au moment exact où vous avez commencé à bâcler votre pentacle. Un charme de localisation couplé à un sortilège de vision à distance ont suffi pour que j'assiste en direct à votre pantomime et que je prenne note de votre incapacité à appréhender les forces vives de la magie, sans parler de les utiliser de façon correcte. J'avoue que lorsque j'ai compris que l'Association avait retrouvé ma trace, j'ai éprouvé un instant de crainte – certains parmi les vôtres ne sont pas de mauvais sorciers – et j'ai failli passer à l'attaque. Puis j'ai constaté à quel point vous étiez pathétique et j'ai décidé de vous laisser venir à moi.

Pathétique.

Le mot me fait bouillir le sang.

– Si je suis vraiment pathétique, pourquoi n'agis-tu pas, tête de nœud ?

– Mais j'agis, demoiselle, j'agis !

Il sort la main de sa poche.

Je bondis en avant.

D'une pichenette, il expédie dans ma direction une petite bille marron en proférant un mot. Un seul. Ne me demandez pas lequel, c'est sûrement du quenya, autrement dit du martien pour moi.

La petite bille marron – un gland de chêne rouvre ? – se transforme en une monstrueuse boule de feu qui me percute de plein fouet.

Non.

Qui percute le champ de force qui a jailli de mon bracelet.

« Woush », chante ce dernier en prenant une jolie couleur orangée.

La boule de feu disparaît sans que j'aie ressenti la moindre chaleur.

Sous l'impact, j'ai toutefois claqué des dents et reculé de trois bons mètres, ce qui ne m'empêche pas de savourer la grimace de surprise peinte sur le visage de Siyah.

Prétentieux, suicidaire et bientôt mort.

Je m'élance à nouveau.

Nouvelle pichenette.

Nouveau gland de chêne rouvre.

Nouvelle boule de feu.

« Woush », gémit mon bracelet en tournant au rouge vif.

Cette fois, l'impact, s'il stoppe mon élan, ne me repousse pas et l'étonnement, sur le visage de Siyah, vire à quelque chose qui ressemble à de la crainte.

Je repars à l'attaque.

Il est fichu, d'autant plus fichu que je n'ai pas l'intention de lui accorder la moindre chance de s'enfuir. Pas plus que je n'ai l'intention de faire preuve de mansuétude quand j'aurai posé la main sur lui.

Nouvelle pichenette. La dernière, Siyah, je te le promets.

Nouveau gland de chêne rouvre.

Nouvelle boule de feu.

« Woush », pleure mon bracelet en devenant incandescent.

Il ne supportera pas une quatrième décharge, c'est évident. Peu importe, je suis à portée et quand…

– Tue-la ! crie Siyah. Tue-la !

Un rugissement dans mon dos transforme mon ultime bond en volte-face.

Arghh !

Par les fesses de Lucifer, qu'est-ce que c'est que ce monstre ?

18

Qu'est-ce que c'est que ce monstre ?

La réponse s'impose à moi alors que l'écho de la question résonne encore dans mon esprit.

Un troll.

Ce monstre haut de deux mètres qui se précipite sur moi, avant-bras aussi gros que mes cuisses, mâchoires prognathes et crocs capables d'éventrer un ours, pilosité envahissante et muscles modèle XXXL, est un troll.

Et vous savez quoi ?

J'ai suivi un séminaire sur les trolls pas plus tard qu'avant-hier – qui évoquait d'ailleurs les trolls pris dans un sortilège de soumission – et je n'en reviens pas d'en voir un en vrai.

Comprenez-moi, ce genre de chose n'arrive que dans les films ou dans les livres. Les mauvais films et les mauvais livres. On est d'accord dans ces cas-là pour affirmer que le metteur en scène ou l'auteur ne s'est pas foulé. Il présente le monstre auquel l'héroïne va avoir affaire et crac, quelques scènes ou quelques chapitres plus tard, le monstre apparaît.

Téléphonée la rencontre !

Surprise zéro, émotion zéro, incertitude zéro, bidonnage cent.

Parce que, dans la vraie vie, ça ne marche pas comme ça.

Enfin… ce n'est pas censé marcher comme ça.

J'ai suivi un cours sur les trolls, j'étais donc certaine de ne pas rencontrer de trolls pendant au moins cent huit ans. C'est pour ça que je n'ai rien écouté de ce qu'a raconté le prof.

Tout faux, Ombe.

C'est la réflexion que je me fais en plongeant au sol pour éviter une collision qui, sinon, m'aurait transformée en shish kebab.

Roulé-boulé, je me relève.

– Tue-la ! se croit obligé d'insister le magicien.

Et cet abruti de troll qui, lui, se croit obligé d'obéir !

C'est ça l'effet du sortilège de soumission ?

Il me fonce dessus, mâchoires écumantes, poings fermés, et quand je dis poings c'est pour que vous compreniez. J'aurais dû dire enclumes.

J'esquive.

De justesse mais j'esquive.

Et je frappe.

Dans les côtes. De mon poing à moi. Qui n'a rien à voir avec une enclume mais qui est capable d'infliger pas mal de dégâts quand je suis en pétard.

Vous avez déjà essayé de taper dans une montagne ? Ou dans un char d'assaut ? À la limite dans une plaque de fonte ? Non ?

Moi non plus.

Jusqu'à aujourd'hui.

L'impact se répercute à travers mon bras jusque dans mes gencives. Le troll, lui, ne bronche pas et je parviens à éviter par miracle qu'il m'arrache la tête d'un coup de dents.

Coriace, l'animal !

Rapide et souple aussi.

Alors que j'essaie de le faucher au niveau des genoux, il se plie en douze – c'est possible ça ? – et m'expédie son coude dans le ventre.

Bon sang que ça fait mal.

Je suis catapultée à trois mètres de là, souffle coupé comme si j'avais été heurtée par une locomotive, et je m'étale sur le dos sans aucune élégance. Alors que je n'ai qu'une envie, me rouler en boule pour tenter d'oublier la douleur qui pulse dans mes organes, je me contrains à bondir sur mes pieds.

Il faut dire que le troll n'a pas l'intention de m'accorder une pause-café.

Il arrive à toute vitesse et croyez-moi, à toute vitesse pour un troll, ça signifie vraiment très très très vite. Pour ne rien arranger, du coin de l'œil je distingue Siyah qui farfouille dans sa poche et s'apprête à jeter un nouveau sort.

Merde !

Je me baisse, passe sous les bras tendus du troll et frappe à deux mains. Violemment. Dans le plexus solaire.

Ça fait « schtoc », le troll ne vacille même pas, et moi je me prends une baffe qui me transforme illico en toupie version tronche en sang. C'est un miracle que mes dents ne se retrouvent pas en vrac sur le plancher. J'ai la tête qui résonne comme une cloche de cathédrale et j'y vois double, ce qui n'arrange pas mes affaires parce que, lorsque le troll se rue sur moi afin de m'achever, ils sont deux et je ne sais pas lequel je dois éviter.

Au hasard, j'opte pour celui de gauche.

Mauvaise pioche.

Une main velue se referme sur mon avant-bras…

… qui cède avec un craquement sec et une terrifiante onde de souffrance qui, partant de la fracture, se propage dans mon corps.

Presque incassable, Ombe.

Presque.

Alors que la deuxième main du troll se rapproche de mon visage comme une météorite affamée, je shoote.

Le coup de pied de la dernière chance.

Le troll, presque nu, porte un simple pagne qui parvient difficilement à camoufler qu'il s'agit d'un mâle. J'emboutis ses attributs virils avec l'énergie qu'offre la proximité de la mort et l'envie désespérée qu'elle me fiche la paix.

Le troll émet un grognement sourd qui laisse deviner sa douleur mais les résultats visibles ne vont guère plus loin.

Si.

Quand même.

Sa main rate mon visage et il lâche mon bras. C'est peu mais, dans ma situation, je n'ai pas le droit de me plaindre.

Je titube en arrière, retrouve mon équilibre par miracle, vacille encore un peu…

Déjà le troll s'est remis de mon coup de pied, et la bave qui coule de ses mâchoires grandes ouvertes n'est pas de bon augure pour la suite de notre discussion.

Je comprends que je n'ai le temps que pour un unique et ultime coup.

Autant mettre le paquet, non ?

Oubliant la douleur qui pulse dans mon avant-bras brisé, celle qui irradie dans mon ventre et celle qui résonne sous mon crâne, je me dresse sur une jambe, ramène l'autre à la hauteur de ma hanche, pivote et libère mon énergie dans un mawashi-geri à faire se retourner Bruce Lee dans sa tombe.

Mon pied fouette l'air.

Pareil à un ouragan.

Le troll arrive à gauche, je frappe à droite.

Je touche le magicien exactement à l'endroit que je visais. À la gorge. Et quand je dis touche, c'est un euphémisme. Percute, emboutis, fracasse, auraient mieux convenu pour décrire l'effet ravageur de mon mawashi.

« À un affrontement direct avec un troll, je ne saurais trop vous conseiller de privilégier la mort du magicien à l'origine de sa soumission. C'est beaucoup moins risqué. »

C'est l'expert qui l'a déclaré lors du séminaire sur les trolls.

C'est vrai que je n'ai pas écouté grand-chose mais ça, je m'en souviens.

Détail important, un magicien humain, même spécialiste de la soumission et habitué à jongler avec les hauts arcanes magiques, reste humain. Et donc fragile.

Or, un mawashi-geri comme celui que j'ai décoché peut s'avérer fatal, pour peu que celui qui le prend dans la poire ne soit pas un troll ou un rhinocéros mutant.

Siyah n'est pas un troll. Ni un rhinocéros mutant.

Il s'effondre.

Bon, sur le coup, je perds aussi l'équilibre, me casse la figure, me récupère stupidement sur mon bras blessé, pousse un cri de douleur, roule sur le côté, me redresse, heu… essaie de me redresser, échoue…

– Est-ce que ça va, mademoiselle ?

Le troll est là, dressé de toute sa masse au-dessus de moi.

S'il veut en finir, il n'a que l'embarras du choix quant aux méthodes à sa disposition.

Sauf qu'il n'a pas l'air de vouloir en finir.

Il paraît juste soucieux pour ma personne, même si déchiffrer l'expression d'un troll induit une importante marge d'erreur. L'expert avait donc raison, la soumission prend fin au moment précis où le magicien qui l'a mise en place capote. Chance pour moi, cette instantanéité. Si le retour à la normale avait demandé ne serait-ce que trois secondes, j'étais mal barrée.

– Est-ce que ça va, mademoiselle ? répète le troll.

Sa voix est basse, rauque mais parfaitement intelligible.

– Au top, boule de poils, je réponds en me retenant pour ne pas me montrer plus incisive. Tu m'as juste bousillé un bras et tu as failli me défigurer, à part ça je vais super bien.

– Je me permets de vous faire remarquer que, de votre côté, vous avez joué au football avec mes gonades, ce qui, chez les trolls, n'est pas considéré comme un geste d'amitié.

– Tu ne m'as pas laissé le choix.

Le troll prend une mine piteuse qui serait amusante si je n'avais pas aussi mal au… Tiens, mon avant-bras n'est plus aussi douloureux. Je m'autorise un sourire qui paraît rassurer mon nouvel ami.

– Je suis désolé, déclare-t-il. Aussi vrai que je me prénomme Erglug. Certes, nous, les trolls, sommes connus pour notre irascibilité. À ma décharge, lorsque je vous ai agressée, je ne disposais pas de mon libre arbitre.

Il jette un coup d'œil au corps du magicien et retrousse les lèvres sur une double rangée de crocs que je suis heureuse de ne pas contempler de plus près. Par les quenottes de Lucifer, si on lui greffait des nageoires, cet Erglug pourrait jouer le rôle du requin blanc dans la suite des *Dents de la mer.*

– Voyez-vous, demoiselle, la liberté ne consiste pas à avoir un bon maître mais à n'en point avoir. C'est Cicéron qui l'affirme et je suis intimement persuadé qu'il a raison. En me contraignant à la servitude, ce magicien, Siyah puisque tel est son nom, ne s'est pas contenté de me voler ma liberté, il m'a également poussé sur la voie de la violence, voie que, malgré mon statut de troll, je réprouve. Connaissez-vous Camus ?

– Euh… Il travaille pour l'Association ?

– Albert Camus était un écrivain de talent doublé d'un philosophe d'une grande pertinence. La liberté, a-t-il écrit, n'offre qu'une chance d'être meilleur, la servitude n'est que la certitude de devenir pire. Mais je parle, je parle et vous semblez souffrir. Désirez-vous que je vous aide à retrouver la station verticale ?

– Non, ça ira, merci.

Je me lève en grimaçant – pour un non-violent, Erglug a quand même cogné fort – et je me tourne vers le magicien qui gît à proximité. Si le troll est libéré, c'est que Siyah est mort et donc que je l'ai tué.

C'est la première fois que je tue quelqu'un mais, étrangement, cela ne m'émeut pas. Que ce type ait été un psychopathe de la magie décidé à me faire la peau explique sans doute ce manque de réaction. L'autre explication serait une atrophie de ma sensibilité, ce que je peine à envisager.

Je boitille vers le bureau proche, une planche sur deux tréteaux, non sans me retourner à plusieurs reprises. On ne tourne pas volontiers le dos à un troll de trois cents kilos qui, quelques minutes plus tôt, a tenté de vous trucider.

Un ordinateur portable, presque aussi beau que le mien, une épaisse liasse de feuilles reliées par un vilain bout de plastique – les preuves qu'évoquait Siyah ? – ainsi qu'une petite mallette métallique du genre attaché-case.

Je m'apprête à l'ouvrir lorsqu'un grattement de gorge trollesque arrête mon geste.

– Soyez prudente. Siyah était un puissant magicien – comment, sinon, aurait-il réussi à me soumettre ? – il est possible que ses affaires soient protégées par des glyphes magiques.

Je hausse les épaules.

– Possible en effet.

Et je me saisis de la mallette.

N'allez pas croire que je sois inconsciente – je ne me hasarderais pas à allumer l'ordinateur de Siyah – mais il se trouve que je sais exactement ce qu'il y a dans la mallette, comme je sais que Siyah n'a pas eu le temps de la piéger.

Vous ne vous souvenez pas ? « Le reste vous sera versé après la signature du contrat définitif. » Une phrase prononcée par Edgar Leroy qui ne peut concerner ni l'ordinateur ni le dossier. Je sais donc ce que contient la mallette : de l'argent. Il ne me reste plus qu'à apprendre combien.

J'ouvre et j'obtiens ma réponse.

Beaucoup.

Je me tourne vers Erglug.

– Tu ne vois pas d'inconvénient à ce que j'embarque ça ?

La question est de pure forme aussi suis-je surprise lorsqu'il secoue sa grosse tête.

– Le désir fleurit, la possession flétrit toutes choses, a écrit Marcel Proust. Je n'envisage pas de récupérer les biens de Siyah – je ne saurais d'ailleurs qu'en faire – mais je trouve inconvenant que vous vous les appropriiez indûment. Sans doute avait-il une famille, des enfants, de vieux parents… Ces biens leur reviennent de droit.

Je réprime prudemment un soupir agacé. Erglug a beau se comporter comme un gentleman, il n'en reste pas moins un troll et les trolls, je l'ai appris en lisant un vieux bouquin russe rédigé par un moine du VIIe siècle, sont capables de déchaînements de violence aussi meurtriers qu'inattendus. Le plus drôle, et drôle, j'en conviens, n'est pas le mot adéquat, c'est que cette extrême violence se déclenche le plus souvent pour une simple broutille. Une broutille du genre soupir agacé justement.

Prudente, plutôt que d'envoyer balader le troll philosophe, moralisateur et par conséquent insupportable qui me fait face, j'extirpe ma carte d'Agent de la poche de mon jean et la lui brandis sous le nez.

– C'est donc pour cette raison que vous citâtes l'Association voilà un instant, remarque Erglug sans paraître ni surpris ni impressionné.

– Ouais.

– Très bien. Je m'incline. J'ai beaucoup de respect pour l'Association et je suppose que vous utiliserez ces affaires à des fins honorables. Qui plus est et pour tout dire, je doute qu'un homme comme Siyah ait eu une quelconque famille.

Je suis déjà en train de ranger l'ordinateur dans sa sacoche avec le dossier relié. En tâtonnant pas mal vu que mon avant-bras cassé, s'il a cessé de me faire souffrir, est maintenant totalement engourdi et refuse de transmettre les informations entre mes doigts et mon cerveau.

– Désirez-vous que je vous aide ? me propose gentiment Erglug.

Je pose les yeux sur les deux monstrueux battoirs qui lui servent de mains.

– Non, ça ira, merci.

– Vous êtes une jeune fille indépendante.

– Ouais.

– George Bernard Shaw avait coutume de déclarer que l'indépendance vaut bien que l'on supporte la solitude. Qu'en pensez-vous ?

– Rien.

– Ah…

Il est déçu, Erglug, ça se voit comme un nez au milieu de la figure pourtant je ne me sens ni le courage ni l'envie de me lancer dans une discussion avec lui. Il est tard, je suis crevée, une longue route à moto m'attend – avec un bras cassé, ça ne va pas être de la tarte – et je déteste la philosophie. Surtout la philosophie à la sauce trolle.

– Je suis désolée, je dois filer. Erglug ?

– Oui ?

– Tu ne vas pas te faire remarquer, n'est-ce pas ? Je veux dire… ce serait bien si personne ne te voyait. Tu comprends, les trolls ne sont pas censés exister.

Erglug m'offre un sourire sincère mais assez effrayant.

– Selon Marcel Jouhandeau, la discrétion est la seule vertu qui souffre l'excès sans en souffrir.

– Il faudrait que je lui présente Walter. Ils s'entendraient bien.

– Difficile. Marcel Jouhandeau est mort en 1979.

Je hausse les épaules.

– Dommage. Mais bon… C'est la preuve que personne n'est parfait.

Je passe la sacoche de l'ordi en bandoulière, attrape la mallette métallique.

– Au revoir, Erglug. Te rencontrer fut un vrai... plaisir.

Il incline ses deux mètres de muscles poilus.

– Plaisir partagé, demoiselle. À très bientôt, j'espère.

Rappelle-toi, Ombe, le plus charmant des trolls est capable d'exploser pour une broutille... Et tu n'es pas en mesure d'encaisser une nouvelle explosion. Tiens ta langue pour une fois !

– Je l'espère aussi, Erglug. Du fond du cœur.

19

Je ne m'en sors pas si mal.

Erglug m'a cassé le bras gauche – j'allais dire heureusement – et si j'ai des difficultés à débrayer correctement, ma Kawa est docile et se laisse piloter sans me jouer de mauvais tours.

Alors que je file à bonne allure vers Paris, je me remémore les derniers rebondissements de mon escapade champêtre…

Flash-back.

Je m'apprête à démarrer ma moto lorsque je réalise que, Edgar Leroy ignorant la mort de Siyah, le contrat avec les Japonais sera signé demain comme prévu. Le dossier récupéré sur le bureau du magicien permettra sans doute à l'Association de reprendre la main mais l'affaire sera complexe et traînera suffisamment en longueur pour que la Créature du lac en pâtisse. Je me serai décarcassée pour rien.

Allons, Ombe, un dernier effort, que diable !

Je me dirige vers le mobile home qui accueille le PDG de Leroy & Hern. La porte est fermée à clef. J'ai dû faire du bruit en actionnant sa poignée car alors que je réfléchis à un moyen discret de la forcer, elle s'ouvre sur un type du genre armoire normande en costume. Le garde du corps personnel d'Edgar Leroy.

Je l'ai remarqué lors de la soirée passée avec les Japonais. Du muscle saillant, entretenu à grand renfort de travail en salle et de cachets de stéroïdes, la démarche assurée et le regard vide de celui qui s'estime capable de séduire n'importe quelle femme et de massacrer n'importe quel homme, la mèche passée au gel, le visage à l'autobronzant et, son fil torsadé descendant le long d'un cou de taureau, l'inévitable oreillette, totalement ridicule à l'ère du Bluetooth.

Un blaireau.

– Qu'est-ce que tu veuouchh !

Non, cette étrange orthographe n'est pas l'expression d'un défaut de langue gardeducoresque, elle permet d'illustrer l'effet de la mallette que je viens de lui balancer à travers la figure.

Pour faire bonne mesure, je lui enfonce un genou dans le bas-ventre et, quand il se plie en deux, je l'achève d'un coup de coude sur la nuque.

Pas de temps à perdre, moi.

Monsieur Muscles s'endort gentiment sur les marches du mobile home et je pars à la recherche d'Edgar. Je le trouve endormi dans un lit assez grand pour accueillir, en plus de notre PDG favori, Blanche-Neige, le Prince Charmant et au moins six des sept nains. Ce ne serait toutefois pas très moral et Edgar a choisi de dormir seul.

Je le réveille en lui pinçant le nez.

Assez fort pour que son premier mot, lorsqu'il s'éveille, soit un cri de douleur, ce qui me permet de lui annoncer tranquillement la bonne nouvelle.

– Siyah est mort.

Je dois reconnaître qu'Edgar possède des nerfs d'acier et une impressionnante capacité de réaction. Loin de se disperser en stupides simagrées ou en dénégations encore plus stupides, il s'assied et braque sur moi un regard noir même s'il est bleu.

– Qui l'a tué ?

À question courte, réponse brève.

– Moi.

– Manuel !

Tiens, monsieur Muscles s'appelle Manuel.

– Manuel dort.

Je montre à Edgar la mallette qui m'a servi à discuter avec son garde du corps et la sacoche de l'ordi que je porte toujours en bandoulière. J'attends qu'il ait compris et, généreuse, je lui offre un conseil :

– T'es mal barré, Edgar, tu devrais te barrer.

Joli sens de la formule, non ?

Puis, considérant que j'ai accompli mon devoir, je tourne les talons.

J'arrive à ma moto lorsqu'une dernière idée me traverse l'esprit, ultime idée serait mieux si je veux dormir un peu.

Demi-tour.

Cette fois je m'approche du mobile home qui abrite le patron de la Tasuka International Corporation. Je frappe à la porte et recule de deux pas en attendant qu'on m'ouvre, ce qui ne tarde pas.

Le garde du corps de Tasuka-san est moins gros que Manuel mais il est armé. Un automatique mafflu qu'il braque sur moi.

Je m'incline avec respect.

– Il y a un mort au deuxième étage du manoir. Je crains que l'honneur de Tasuka-san soit entaché si la police, qui ne tardera pas à arriver, établit un rapport entre lui et le criminel qui a été assassiné là-haut.

Je me suis exprimée en japonais en insistant sur le mot « men'boku », honneur dans le sens de réputation, face pour être triviale, et le garde du corps ne s'y trompe pas. L'honneur, pour ces Japonais, est plus important que la réussite même s'il lui est intimement lié.

– Suivez-moi.

Il assortit son ordre d'un geste péremptoire de son flingue.

Quitte ou double, Ombe ?

Je suis joueuse, je m'incline à nouveau – sans sourire, il ne faudrait pas qu'il croie que je me fiche de lui – et m'éloigne tranquillement.

– Arrêtez ! crie le garde du corps.

Inutile de le regarder, je sais qu'il n'envisage pas de tirer – pourquoi tirerait-il ? – mais il est déchiré entre l'envie de me rattraper pour me questionner et l'urgence de prévenir son patron. Comme je l'escomptais, le devoir l'emporte. Il pousse un juron nippon fripon et s'engouffre dans le mobile home.

Je fonce jusqu'à ma moto, range la mallette pleine de billets dans mon sac à dos, le cale sur mes épaules et démarre en trombe.

Mission réussie, Ombe. Et tout en finesse !

J'atteins Paris alors que le soleil se lève. Une brève hésitation et je décide de passer par un hôpital pour faire soigner mon bras avant de gagner la rue du Horla pour mon rapport.

Je m'arrête à un feu rouge – oui, cela m'arrive – lorsqu'une grosse Ducati rouge vif se range près de moi. La règle qui veut que les motards échangent un salut amical quand ils se croisent s'applique rarement dans les grandes agglomérations, pourtant, même à Paris, respect et entraide sont de mise. J'adresse donc un signe de la tête au motard d'à côté. Il a beau chevaucher une moto italienne et moi une japonaise, nous n'en sommes pas moins des frères de la route.

Fait étrange, il ne me répond pas. Non qu'il ne m'ait pas vue, il me dévisage, mais justement parce qu'il est trop occupé à me dévisager. Si je ne portais pas un intégral avec visière fumée, je penserais que j'ai un gros bouton sur le nez.

Casque bol, lunettes d'aviateur, vêtu d'un jean et d'un blouson de cuir noir, il a une trentaine d'années et si j'ai l'habitude que les hommes se retournent sur moi, le regard de celui-ci est franchement gênant.

Le feu passe au vert, m'enlevant la possibilité de lui rappeler le sens du mot politesse. Je tourne à droite, la Ducati file tout droit. Adieu le goujat.

Par chance, les urgences ne sont pas saturées et, très vite, un interne me prend en charge. Beau garçon, il paraît sensible à mon charme, un de plus, et serait partant pour une auscultation réciproque approfondie mais j'ai trop à faire pour me permettre de jouer au docteur et à l'infirmière avec lui. Tant pis…

Le radiologue qui prend la relève est du genre acariâtre bedonnant avec le sex-appeal d'un yaourt périmé. Tant mieux, je ne serai pas tentée de me laisser distraire.

Cliché. Attente. Nouveau cliché. Attente. Puis :

– Votre avant-bras n'est pas cassé, mademoiselle.

– T'es… euh… vous êtes sûr, docteur ?

– Certain. Regardez. On voit ici les traces d'une double fracture des radius et cubitus mais elle est ancienne et les os se sont parfaitement ressoudés. Rien d'autre.

– Pas la moindre petite fissure ?

– Pas la moindre.

Inutile de lui expliquer qu'un troll m'a saisi le bras avec la force d'une pince pneumatique et que j'ai entendu les os céder. Il ne me croirait pas.

Inutile aussi de lui expliquer que je n'ai jamais eu de fracture à cet endroit de mon corps, ni ailleurs. Il ne me croirait pas non plus.

Quant à mon idée que les traces repérées à la radio datent de cette nuit et que mon squelette a mis deux heures au lieu de deux mois pour se réparer, je la garde pour moi. Aucun désir de finir comme cobaye dans un laboratoire, disséquée par des scientifiques fous décidés à percer l'énigme Ombe.

Quoi, j'exagère ?

Facile à dire quand on n'est pas concerné !

Je prends donc une mine soulagée de circonstance, remercie le yaourt périmé et quitte l'hôpital en résistant à l'envie de saluer mon petit interne.

J'arrive devant le 13 rue du Horla en même temps que la pluie et je me précipite à l'intérieur. Je grimpe les escaliers en courant et frappe à la porte du bureau.

Claquement sec.

J'entre.

– Bonjour, Ombe.

– Euh… bonjour mademoiselle Rose.

Elle n'a pas levé la tête et je baisse la mienne. Il faudrait que j'épingle une photo de mademoiselle Rose sur le sac à frapper que j'ai installé dans ma chambre. En lui tapant dessus matin et soir, combien d'années me faudrait-il pour cesser d'en avoir peur ?

Je m'installe sur une des chaises en plastique collées contre le mur et pose mon sac à dos près de moi.

J'attends. Une éternité ou deux. Jusqu'à ce qu'elle se décide à rompre avec son ordinateur pour s'occuper de moi.

– Je t'écoute, Ombe.

Je me lève comme si un pied invisible m'avait botté les fesses et je m'approche de son bureau.

– Euh… j'ai fini. Je veux dire… ma mission est achevée.

– Mais encore ?

Je prends l'inspiration que je prendrais si je devais traverser l'Atlantique en nageant sous l'eau et je raconte.

Tout.

Depuis le début.

Peut-être mademoiselle Rose est-elle une Paranormale elle aussi. Peut-être son pouvoir consiste-t-il à faire parler les gens.

Elle prend des notes rapides sans ouvrir la bouche jusqu'au moment où j'arrive à l'épisode Siyah.

Là, pour la première fois depuis que je la connais, elle marque un temps de surprise.

– Y avait-il une odeur de soufre ?

– Euh… quoi ?

– Une odeur de soufre, Ombe. Réfléchis avant de répondre. C'est important.

« L'odeur de soufre annule la mission. » C'est la neuvième et dernière des règles qui régissent l'Association. La seule à n'avoir aucun sens.

– Euh… non. Je n'ai rien senti de particulier.

– D'accord. Continue.

Je reprends mon récit et lorsque je l'ai achevé – je n'ai pas mentionné mon avant-bras cassé puis plus cassé – je pose sur le bureau l'ordinateur de Siyah et le dossier qu'il a monté contre Edgar Leroy.

– Il y a normalement là-dedans de quoi ôter l'envie à Leroy & Hern de se lancer à nouveau dans l'immobilier.

– Hum. Très bien. Il n'y avait rien d'autre ?

– Rien d'autre ?

– Aucune autre pièce à charge, aucune preuve utilisable, aucun indice ?

– J'ai laissé le corps de Siyah sur place et je n'ai pas envisagé de ramener le troll sur ma moto. Ces deux détails mis à part, non, il n'y avait rien d'autre.

Elle me dévisage pendant un moment que je qualifierais de très long puis elle hoche la tête.

– D'accord.

Au même instant, la porte de Walter s'ouvre.

– OMBE !

À défaut de lâcher un juron, je pousse un soupir aigre.

Voilà presque trente heures que je n'ai pas fermé l'œil, je suis épuisée et je crains d'être incapable de supporter la vision de Walter transpirant dans une chemise hideuse.

– Y a-t-il une dixième règle qui stipulerait qu'un Agent doit rendre deux rapports ?

Mademoiselle Rose ne daigne pas répondre à ma question mais le regard qu'elle me lance m'incite à m'engager au plus vite dans le couloir.

En bâillant.

Histoire de lui montrer que je n'ai pas peur d'elle.

Euh… Pas trop peur d'elle.

20

Surprise.

Walter n'est pas seul dans son bureau.

Le Sphinx est là lui aussi, ce qui, d'après ma modeste expérience de l'Association, est une première.

Et même si c'est une première, Walter ne perd pas une seconde.

– Ombe, peux-tu expliquer au Sphinx le protocole magique que tu as mis en place pour créer ton bracelet de protection ?

– Bonjour, Walter. Oui, je vais bien, je vous remercie. Et vous ?

Il écarquille les yeux puis hausse les épaules ce qui met en relief les jolies fleurs mauves sur sa chemise jaune.

– Oui, oui, c'est ça, fait-il, bonjour Ombe, comment vas-tu ? Je vais bien aussi. Bon, on peut passer aux choses sérieuses maintenant ? J'ai besoin que tu expliques au Sphinx le protocole magique que tu as mis en place pour créer ton bracelet de protection.

Il se tait, attend un instant puis hausse à nouveau les épaules et ajoute :

– S'il te plaît.

Je fais semblant d'hésiter avant de m'exécuter – ai-je vraiment le choix ? –, poussant l'honnêteté à rendre à César ce qui est à César et donc à Jasper ce qui est à Jasper, c'est-à-dire l'idée du bracelet. Je raconte par le détail la création de mon bouclier et la manière dont je l'ai utilisé face à Siyah.

Le Sphinx attend que j'aie fini pour secouer sa grosse tête de gladiateur.

– Impossible ! affirme-t-il.

– C'est ce qui me semblait. (Ça c'est Walter.)

– Comment ça impossible ? (Ça c'est moi.)

– Un, ton pentacle n'avait aucune chance de s'activer. Pas avec de l'humus pour matérialiser l'élément terre, un tracé réalisé avec une baguette de noisetier et surtout pas avec ta formule à la noix.

– Je...

– Deux, jetée sur une montre suisse, l'incantation que tu as inventée n'aurait pas été fichue de lui faire donner l'heure juste.

– Je...

– Trois, pour parvenir à soumettre un troll, Siyah devait être un maître des arcanes. Bracelet-bouclier ou pas, sa première boule de feu aurait dû te réduire en cendres.

– Sphinx ?

– Oui, Ombe ?

– Merde.

Pendant une poignée de secondes, nous nous affrontons du regard. Ma fatigue alimentant ma colère, je sens que s'il ouvre encore sa grande gueule, je lui pète les dents de devant. Il ne paraît pas avoir peur et ses yeux bleu pâle dépourvus de sourcils me proposent froidement d'essayer.

C'est Walter qui empêche que la scène ne dégénère en bain de sang.

– C'est bon, c'est bon, déclare-t-il d'une voix apaisante. Ne le prends pas mal, Ombe, nous ne sommes pas là pour critiquer ta pratique de la magie mais pour analyser une situation complexe. Nous savions qu'Edgar Leroy s'était adjoint les services d'un magicien dont nous pensions qu'il s'agissait d'un mercenaire travaillant pour de l'argent. Or il s'avère que c'est Siyah qui utilisait Edgar Leroy et non le contraire. Certes, sa mort tire la Créature du lac d'embarras mais elle nous empêche de comprendre pourquoi Siyah souhaitait sa disparition. Tu étais obligée de l'éliminer ?

Il a posé la question sans arrière-pensée, je ne peux toutefois m'empêcher de montrer les dents.

– Ouais !

– Bon. Pourquoi un magicien du niveau de Siyah en avait-il après une Créature somme toute inoffensive, c'est un mystère et cela risque de le rester longtemps. À cette donnée inconnue s'ajoute l'étonnant succès de ta stratégie magique. J'avoue que je ne saisis pas. Je vais peut-être devoir contacter le bureau international ce qui ne m'enchante pas mais ce n'est pas ton problème. Tu manques de sommeil, non ?

– Ouais.

– Je te propose de prendre un peu de repos et de repasser au bureau ce soir.

– Demain.

Il s'éponge le front.

– Demain, si tu veux. J'ai une nouvelle mission pour toi mais elle ne présente pas de caractère urgent. Ombe ?

– Ouais ?

– Bien joué. Ce n'était pas facile et tu t'en es tirée comme une pro. À ce rythme-là, tu seras bientôt une Agent confirmée. Félicitations !

J'ai beau m'appliquer à le masquer, la tirade de Walter me touche. J'ai plus l'habitude de recevoir des baffes que d'entendre des compliments, du coup je suis désemparée quand on est gentil avec moi. Même si je le mérite.

Je cherche une phrase à rétorquer, si possible pleine d'esprit, ne trouve qu'une banalité affligeante, que je déclare faute de mieux :

– C'est bon, je n'ai fait que mon boulot.

Pas très fière de moi, je les salue de la tête et m'apprête à quitter le bureau.

– Sans rancune ? me lance le Sphinx.

Je n'hésite pas.

– Sans rancune.

Lorsque je passe devant mademoiselle Rose j'ai l'impression qu'elle me scanne du regard. Je croise les doigts pour que ce ne soit qu'une impression. Dans le cas contraire, je devrai batailler ferme pour expliquer la présence dans mon sac à dos d'une mallette contenant plusieurs milliers d'euros.

– Au revoir, Ombe.

– Au revoir mademoiselle Rose.

N'allez pas croire que j'aie volé l'argent avec lequel Edgar Leroy a acheté les services de Siyah. Pas du tout.

Et gommez ce sourire moqueur et plein de sous-entendus qui flotte sur vos lèvres.

Laisser la mallette au manoir pour qu'Edgar Leroy ou un homme d'affaires japonais l'embarque aurait été ridicule, vous en convenez, non ? Alors je l'ai récupérée.

De retour à Paris, j'ai d'abord envisagé de la déposer sur le bureau de mademoiselle Rose avec l'ordinateur et le dossier puis j'ai réalisé deux choses. Un, cet argent n'est en rien une pièce à conviction, deux, l'Association est assez riche pour que je ne l'enrichisse pas davantage.

J'ai donc gardé la mallette.

Vous comprenez ?

J'en étais sûre.

Le trafic est dense en ce début de journée. J'insère ma Kawa dans la circulation avec la précision d'un chirurgien neurologue et je file en direction du périph. À l'idée de bientôt m'étendre sur mon lit, un délicieux frisson me parcourt le dos.

Le périph est bondé.

Encore plus que d'habitude.

Comme si la proximité de Noël incitait les gens à la suractivité. Voitures têtes à culs, roulant à moins de vingt à l'heure et conducteurs aux mines moroses qui regardent leurs montres sans arrêt. Louée soit la chance qui m'a faite motarde plutôt qu'automobiliste.

Je passe à droite d'une grosse berline sombre à l'image du type au volant, gros et sombre, au moment où une Ducati rouge se faufile sur sa gauche. Casque bol, lunettes d'aviateur, blouson de cuir noir, son pilote est le goujat de tout à l'heure.

Un goujat qui n'a d'ailleurs pas appris la politesse entre-temps vu qu'il me dévisage à nouveau comme si j'étais une extraterrestre.

Remonter une file de voitures sur le périphérique en roulant trop vite revient à foncer dans un couloir qui peut sans prévenir se refermer devant vous, voire sur vous. Malgré mon côté casse-cou prononcé, je sais le risque qu'un automobiliste oublie de regarder dans son rétroviseur avant de se décaler et je m'applique à ne jamais remonter une file en dépassant la vitesse des voitures de plus de vingt kilomètres à l'heure.

Vous comprendrez donc pourquoi, malgré mon envie d'accélérer pour larguer le goujat à la Ducati, je m'abstiens sagement. Il a calqué sa vitesse sur la mienne et continue de m'observer, ce qui m'horripile mais je n'accélère pas.

Non, je n'accélère pas.

Et je n'accélérerai pas.

En revanche, il n'a pas intérêt à emprunter la même sortie que moi, parce que si on se trouve arrêtés ensemble à un feu, je descends et je le massacre.

Nous passons chacun d'un côté d'une camionnette de livraison puis d'un coupé Mercedes conduit par une blonde peroxydée au visage aussi avenant qu'une porte de prison, en moins joli. C'est à cet instant que mon admirateur passe la main dans son blouson. Il ne va pas me donner sa carte de visite ou me prendre en photo ?

Non. En effet.

Ce n'est pas une carte qu'il sort de sa poche intérieure ni un appareil photo, mais un flingue du genre Taser, assez gros pour stopper un rhinocéros enragé.

Sans perdre de temps avec les sommations d'usage, il me met en joue et tire.

À trois mètres, ses risques de me rater sont infimes, d'autant qu'il a pris la peine de viser devant moi pour anticiper une éventuelle accélération.

Bien vu.

Sauf que je freine.

À mort.

L'avant de ma Kawa plonge tandis que ma roue arrière décolle de presque cinquante centimètres. Concert de klaxons en ut rageur autour de moi, plus une drôle d'impression. Celle d'avoir évité de justesse un… un… je ne sais pas quoi, pas une balle, pas un arc électrique, un je ne sais pas quoi d'invisible qui est passé à ras de mon nez et qui, s'il m'avait touchée, m'aurait carbonisée sur place.

Une drôle d'impression, je vous dis.

Je ne m'attarde toutefois pas à l'analyser.

Je suis de nouveau à côté de la camionnette de livraison. Le type à la Ducati a dû freiner aussi. Il va apparaître à ma gauche dès que la camionnette m'aura doublée et, cette fois-ci, il ne me manquera pas.

« Vos remarquables résultats en sports de combat, a récemment déclaré mon instructeur, sont dus à un très rare cumul de qualités : condition physique parfaite, technique irréprochable, volonté d'acier, résistance exceptionnelle. Et, il faut l'avouer, à un défaut : votre étonnant manque de réflexion. »

Il a raison. Quand je suis plongée dans l'action, je ne pense pas, j'agis. En l'occurrence je ne marque pas la moindre hésitation. Je pousse les gaz. À fond.

Le moteur de ma Z rugit et elle part comme une fusée. Plus question de prudence. Couchée sur mon réservoir, je monte à cent cinquante avant de jeter un bref coup d'œil dans le rétroviseur.

Merde !

Le fou à la Ducati a changé de file et me suit de près. Fou mais sacrément bon pilote. Il réussit l'exploit de rouler aussi vite que moi tout en braquant son arme dans mon dos. J'ose un audacieux zigzag qui me fait râper du genou la carrosserie d'un van pourri.

Sssffff…

Cette fois, je n'ai pas seulement senti le quelque chose qui a jailli du Taser, je l'ai aussi entendu. Un drôle de son pour une drôle de sensation. Ce flingue n'a rien de classique ou alors je ne m'appelle pas Ombe.

Un trou entre deux voitures sur ma gauche.

Je tombe deux rapports, accélère, me glisse entre les deux voitures, redresse de justesse avant de percuter un camion, accélère encore.

Cent quatre-vingts.

Si quelqu'un débouche devant moi, je suis morte.

Chance, personne ne débouche devant moi. Malchance, la Ducati débouche derrière moi.

D'accord. Il veut s'amuser ? On va s'amuser.

J'accélère. Deux cent dix. Un trou à droite, il me faut un trou à droite. Là. Étroit mais ça devrait passer. Ça passe. Un deuxième. Toujours à droite. Ça passe aussi. D'extrême justesse mais ça passe.

Je me retrouve sur la bande d'arrêt d'urgence.

Et là, j'accélère vraiment.

Qu'est-ce que je vous ai dit au sujet de ma bécane ? Une Z1000 presque pas trafiquée ?

Rayez le « presque pas ». C'était un mensonge.

Deux cent quarante.

Le tueur a réussi à me suivre sur la bande d'arrêt d'urgence mais sa moto semble avoir atteint ses limites, ce qui n'est pas le cas de la mienne.

Deux cent soixante.

Je commence à le perdre dans mon rétroviseur.

Deux cent quatre-vingt-dix.

J'aurais bien aimé atteindre les trois cents sauf qu'une sortie s'annonce et que la Ducati n'est plus visible. Manque de réflexion, monsieur l'instructeur, ou capacité à prendre d'instinct les bonnes décisions ?

Je vire à droite toute.

Et je pile, parce qu'un feu est là, rouge, non, vert. J'accélère. Le passage entre les véhicules qui n'ont pas encore redémarré est étroit. Ça passe ou ça casse ? Le pot d'échappement droit de ma Kawa caresse le pare-chocs d'un camion, mon coude frôle un taxi, ça passe.

Largué, le blaireau à l'Italienne.

Non mais pour qui il se prend celui-là ?

Il me faut quelques minutes pour évacuer l'adrénaline dont est saturé mon organisme. Quelques minutes pendant lesquelles je roule à petite vitesse tout en réfléchissant à grande vitesse.

Qui est ce type qui a cherché à me tuer ? Pourquoi en veut-il à ma vie ? Avec quoi m'a-t-il tiré dessus ? Comment a-t-il retrouvé ma trace après mon passage à l'hôpital puis au bureau de l'Association ?

Beaucoup de questions, aucune réponse. Je déteste ça et le frisson qui me zèbre le dos est dû autant à la colère qu'à l'inquiétude. Je me gare devant un troquet, m'étire longuement, pénètre à l'intérieur puis, pendant que le serveur me prépare un café, j'appelle Walter.

– Un malade vient de passer ses nerfs sur moi.

– Pourrais-tu te montrer un peu plus explicite, Ombe ?

Il s'est exprimé de la voix posée qu'il emploie quand la situation est grave, façon personnelle de ne pas inquiéter l'Agent qu'il est chargé d'aider. Je l'imagine dégoulinant de transpiration, épongeant son front avec le mouchoir géant qu'il a tiré de la poche de sa chemise hideuse. Je sais qu'il était en train de bosser et qu'il a tout arrêté pour m'écouter. Je sais qu'en une seule phrase je suis devenue son unique priorité.

Je l'aime bien Walter.

Ma colère se dissipe. Mon inquiétude, elle, s'est envolée depuis longtemps. Je bois une gorgée de café et je raconte.

– Un tueur engagé par Leroy & Hern ? propose-t-il lorsque j'ai fini.

– Impossible. Edgar a suffisamment de problèmes à régler pour que la vengeance ne soit pas à l'ordre du jour. Et puis, même s'il avait voulu me faire la peau, il n'aurait pas eu le temps de contacter un tueur, et ce tueur encore moins le temps de me trouver.

– Un amoureux éconduit ?

– Vous plaisantez ?

– Jamais quand il s'agit de la vie de mes Agents.

– Impossible aussi. Mon dernier amoureux en date n'a aucune raison de se plaindre de moi. Au contraire. Et puis c'est déjà une histoire ancienne.

– Est-ce qu'il pourrait s'agir d'un Anormal ?

– Non, je ne crois pas. Trop petit pour un vampire, pas assez costaud pour un garou. Les autres Anormaux ne ressemblent pas aux humains. La seule chose anormale, c'était son gun.

– Son quoi ?

– Son gun. Son flingue. On aurait dit un Taser mais ça n'en était pas un. Une arme bizarre. Si j'ignore ce qu'elle tirait, je sais seulement que je n'aurais pas aimé qu'il m'atteigne avec.

– Magie ?

– Euh… Vous savez, Walter, moi et la magie…

– Oui, c'est vrai.

Petit moment de silence. Intense réflexion waltérienne puis :

– Je ne vois pas. Je vais en discuter avec Rose et diligenter une enquête. Cela risque toutefois d'être long. Veux-tu que je t'alloue une protection rapprochée en attendant que nous ayons éclairci cette histoire ?

– Une protection rapprochée ? Pour quoi faire ?

– Pour te protéger.

J'éclate de rire.

– Je n'ai aucun besoin d'être protégée. Je suis grande et parfaitement capable de veiller sur ma santé.

– Tu es sûre ?

– Certaine.

– Comme tu voudras. Tu passes demain au bureau ?

– Demain matin, c'est promis.

Je raccroche, finis mon café, paie et quitte le troquet.

Une fois sur le trottoir, je jette un coup d'œil autour de moi pour repérer une éventuelle Ducati rouge mais je m'interromps avant d'avoir achevé mon tour d'horizon. Je ne vais pas laisser un blaireau, fût-il armé d'intentions funestes et du Taser de Luke Skywalker en personne, me gâcher la vie.

Je grimpe sur ma Z.

Feulement du moteur telle une irrésistible incitation au plaisir et au jeu.

Encore et encore.

C'est parti.

Épilogue

– Félicitations, me lance Laure lorsque je pénètre dans l'appart'. Tu es magnifique !

Coup d'œil dans le miroir de l'entrée.

Soit elle se fiche de moi, soit elle est miro. Une nuit blanche, une rencontre avec une Créature au fond d'un lac, une bagarre avec un Troll, un peu de magie, quelques heures de moto, une tentative d'assassinat sur le périph… je dois admettre la vérité : j'ai une tête à faire peur… à un zombie.

Puis je remarque que l'attention de Laure est braquée non sur moi mais sur le magazine qu'elle tient à la main.

Zut. Si elle est tombée sur l'article qui relate mes aventures avec les gobs et l'Élémentaire au lycée Bordage, je n'ai que dix secondes pour inventer une explication plausible. Pas fastoche, ça.

– La lumière est géniale, poursuit Laure, et le noir te va à merveille. Tu devrais en porter plus souvent.

Le noir ?

– Mais de quoi tu parles ?

En guise de réponse, elle tourne son magazine vers moi.

Mon sang se fige.

Étalée en couverture, une photo de moi en gros plan, peau pâle, épais trait de khôl faisant ressortir le bleu de mes yeux, lèvres noires d'où pointent, trucage numérique parfait, deux canines acérées et un titre en lettres sanglantes : « La reine de la nuit ».

– Donne !

Je lui arrache le magazine plus que je ne le prends.

Il s'agit bien de la revue pour laquelle bosse le photographe qui m'a accostée il y a quelques semaines. Et il s'agit bien des photos qu'il a prises de moi. Je la feuillette avec fébrilité jusqu'à trouver l'article qui m'est consacré.

Parce que ce n'est pas d'un article sur la gothic attitude dont il s'agit mais bien d'un article sur moi.

Enfin, sur un personnage à qui je prête mes traits et que le journaliste, shooté à Dungeons & Dragons, a inventé dans le plus pur style fantastico-ridicule. La reine de la nuit – moi – hante les rues parisiennes lorsque le soleil est couché. Immortelle, séductrice et éminemment dangereuse, elle capture dans ses rets les hommes assez fous pour la suivre et les immole sur l'autel de sa beauté.

Une série de clichés illustrent la prose de cet abruti. Moi, moi et encore moi. Vêtue de sombre, ou plutôt dévêtue de sombre – je n'avais pas réalisé lors de la prise de vue à quel point certaines des tenues que j'ai enfilées étaient… sulfureuses –, dans des positions que ma mère, si j'en avais une, jugerait pour le moins inconvenantes.

Je pousse un juron et je balance le magazine sur la table basse.

– Qu'est-ce qui te prend ? s'étonne Laure. Elles sont canon ces photos !

– Canon ? Peut-être mais je m'en fous ! Je sais juste que si je croise ce faux-cul de photographe pourri, je… je ne réponds de rien.

Laure m'adresse un regard stupéfait.

– Tu es sûre que ça va, Ombe ? Tu as l'air épuisée !

– Épuisée, moi ? Pas du tout. D'ailleurs je vais me coucher.

J'utilise son bref instant de stupeur pour gagner ma chambre et quand elle réagit, c'est trop tard, je me suis écroulée sur mon lit.

– Ombe ? Ça va ? Ombe ?

La voix de Laure devient distante, distante, distante.

Je m'appelle Ombe Duchemin et je suis presque incassable.

Presque.

Important, l'adverbe presque.

La preuve, là, je suis cassée.

Et je m'endors.

Suivez aussi les aventures de Jasper,
l'autre Agent stagiaire de l'Association :

LA PÂLE LUMIÈRE DES TÉNÈBRES
ERIK L'HOMME

– Bonjour Rose, je lance bravement en pénétrant dans la pièce.

Je m'affale sur la chaise dédiée aux visiteurs, laissant ma sacoche glisser sur le sol. Mademoiselle Rose abandonne un instant l'écran de son ordinateur pour m'observer. Je tente de soutenir son regard, avant de renoncer devant l'intensité de ses yeux gris.

– Tu es en retard, Jasper.

– Je sais, désolé, je réponds d'une voix coupable. C'est que j'ai eu une soirée plutôt agitée... Elle hoche la tête.

– J'ai entendu dire.

Puis elle se replonge dans son travail, me laissant à plat, euh, en plan sur ma chaise.

Quand j'ai quitté la cave, hier, après y avoir enfermé Fabio, j'ai immédiatement déposé un message sur la boîte vocale d'urgence. Est-ce que c'est mademoiselle Rose qui est chargée de la relever ? Visiblement.

De toute façon, rien ne lui échappe.

Jamais.

Elle est toujours au courant de tout, impossible de lui cacher quelque chose. Je le sais, j'ai essayé plusieurs fois ! Désormais, eh bien, je vais au plus simple et je lui dis moi-même ce qu'elle finirait immanquablement par apprendre. Nos relations s'en sont beaucoup améliorées. Il n'y a qu'à voir la chaleur de nos retrouvailles…

– Euh, je peux repasser si je dérange.

– Ne dis pas de bêtise.

Rien d'autre. Condamné à la chaise et les triques.

Je prends mon mal en patience et tente d'imaginer mademoiselle Rose plus jeune, sans son éternel chignon, sans ses lunettes rondes, sans ses cheveux gris. Sans son air sévère. Je n'y arrive pas. Certaines personnes sont faites pour être vieilles.

Des cris étouffés m'arrachent à mes hautes considérations philosophiques. Je me penche pour regarder dans le couloir, amenant ma chaise à la limite de l'équilibre. Les cris proviennent du bureau de Walter.

– Ça barde chez le directeur ! je lance à une Rose imperturbable. À qui le tour de se faire pourrir ?

Le regard de mademoiselle Rose se pose à nouveau sur moi.

– Ce ne sont pas tes affaires.

Elle me considère un moment puis émet un soupir clairement perceptible.

– Bon, on va s'occuper tout de suite de ton rapport.

Parce que c'est la raison pour laquelle je suis venu ce matin, en sacrifiant (le mot est peut-être un peu fort) deux heures de cours : rendre compte de ma mission.

C'est pareil pour tous les stagiaires, où qu'ils soient et quoi qu'ils fassent : on leur colle sur le dos des tâches ingrates, on ne leur accorde aucune considération et on leur demande de rendre des comptes à la moindre occasion.

– Je commence par quoi ? je dis à mademoiselle Rose, qui s'est équipée d'un stylo et d'un bloc.

À suivre…

L'aventure continue !

déjà paru

LA PÂLE LUMIÈRE DES TÉNÈBRES

ERIK L'HOMME

à paraître en mars 2011

L'ÉTOFFE FRAGILE DU MONDE

ERIK L'HOMME

LE SUBTIL PARFUM DU SOUFRE

PIERRE BOTTERO